꼭 읽어야 할

중학교
문학
첫걸음

고전

꼭 읽어야 할

중학교 문학 첫걸음 고전

초판 1쇄 발행 2025년 10월 01일
초판 2쇄 발행 2026년 01월 19일

글 허균 외   **그림** 문구선   **엮음** 한재진
발행처 주식회사 스푼북   **발행인** 박상희   **총괄** 김남원
편집 김선영 길유진 박선정 이민주 이지은
디자인 이지숙 권수아 정진희   **마케팅** 박병건 구혜정
출판신고 2016년 11월 15일 제2017- 000267호
주소 (03993) 서울시 마포구 월드컵북로6길 88-7 ky21빌딩 2층
전화 02- 6357- 0050(편집) 02- 6357- 0051(마케팅)
팩스 02- 6357- 0052   **전자우편** book@spoonbook.co.kr

ISBN 979- 11- 6581- 605- 6 (43810)

꼭 읽어야 할

중학교
문학
첫걸음

고전

허균 외 지음 | 문구선 그림 | 한재진 엮음

스푼북

현재의 모습이 쌓여 미래의 모습을 만들어 가는 것이라면 현재의 모습은 과거의 모습이 쌓여 만들어진다고 할 수 있을 것입니다.

어제의 내가 오늘의 나를 만들었고, 한 달 전, 일 년 전, 그리고 어릴 적의 나도 지금의 나를 이루는 데 중요한 기여를 했습니다. 우리가 경험한 일들과 영향을 주고받은 사람들, 그 속에서 느낀 감정들과 새롭게 생겨난 생각들이 지금의 나를 만들어 냈어요. 그래서 우리는 때때로 과거를 돌아봅니다. 그때의 일들을 기억하며, 지금의 내가 어떤 사람인지 이해하게 되고, 앞으로 어떤 사람이 되고 싶은지도 생각하게 되지요.

고전 문학을 읽는 것도 이와 비슷한 의미를 가지고 있습니다. 고전은 아주 오래전에 만들어진 이야기지만, 그 안에는 그 시대를 살아간 사람들의 삶과 생각, 고민과 꿈이 담겨 있습니다. 우리는 고전을 통해 과거를 살아간 우리 조상들이 어떤 생활을 했는지, 무엇을 소중히 여겼는지, 또 어떤 문제들을 마주했는지를 알 수 있습니다. 고전은 단지 옛날이야기가 아니라, 지금의 우리를 돌아보고 앞으로를 생각하게 해 주는 거울과도 같습니다.

이 책에는 우리 민족이 오랜 세월 동안 입에서 입으로 전해 온 이야기들, 그리고 한글로 쓰인 고전 소설들이 실려 있습니다. 신화처럼 신비로운 이야기, 지역에서 전해 내려오는 전설, 지혜롭고 용감한 영웅의 이야기, 사람들의 마음을 울리는 감동적인 이야기, 삶의 교훈이 담긴 이야기 등 다양한 고전 문학이 담겨 있지요.

　이 이야기들을 읽으며 단순히 재미를 느끼는 것을 넘어서, '왜 이런 이야기가 전해졌을까?', '이 이야기 속 인물은 어떤 생각을 했을까?', '나는 이 이야기에서 무엇을 느꼈나?' 같은 질문을 던져 보면 더 깊이 있는 독서가 될 거예요. 그런 의미에서 작품을 읽기 전에 함께 실린 '어떻게 읽을까?'를 꼭 읽어 보세요. 이야기를 좀 더 생생하게, 그리고 더 깊이 이해하는 데 도움이 될 거예요.

　자, 그럼 이제 우리의 뿌리가 담긴 과거로, 고전 속 시간 여행을 함께 떠나 볼까요?

엮은이
한재진

차례

일러두기

1. 본문은 작품이 수록된 단행본을 원본으로 삼았으며, 맞춤법과 띄어쓰기는 국립국어원의 현행 표기법을 따랐습니다.
2. 책 제목은 《 》, 단편 소설 · 연극 · 잡지 · 노래 제목 등은 〈 〉로 표시하였습니다.
3. 부가적인 설명이나 단어 풀이가 필요하다고 판단한 경우에는 각주로 설명을 붙여 놓았습니다.

1

아기 장수 우투리

작자 미상(서정오 풀어 씀)

어떻게 읽을까?

① 우투리의 남다른 모습을 보며 사람들이 어떻게 대응했는지 살펴보고, 왜 그렇게 행동했는지 생각해 보세요.

② 오래전부터 사람들의 입에서 입으로 전해 내려오는 설화가 지금까지 사랑받는 이유가 무엇일지 생각해 보세요.

옛날 옛날 먼 옛날, 임금과 벼슬아치들이 백성들을 종처럼 부리던 때의 이야기야. 욕심 많은 임금과 사나운 벼슬아치들에게 시달릴 대로 시달리던 백성들은 누군가 힘세고 재주 많은 영웅이 나타나 자기들을 살려 주기를 목이 빠지게 바라고 살았지.

이때 지리산 자락 외진 마을에 한 농사꾼 내외*가 살았어. 산비탈에 밭을 일구어 구메농사** 나 지어 먹으며, 그저 산 입에 거미줄이나 안 치는 걸 고맙게 여기고 살았지. 그렇게 살다가 늘그막에 아기를 하나 낳았는데, 낳고 보니 아기 탯줄이 안 잘라져. 가위로 잘라도 안 되고 낫으로 잘라도 안 되고 작두로 잘라도 안 돼. 별짓을 다 해도 안 되더니, 산에 가서 억새풀을 베어다 그걸로 탯줄을 치니까 그제서야 잘라지더래.

아기 이름을 '우투리'라고 했는데, 이 우투리가 갓난아기 때부터 하는 짓이 달라. 방에다 뉘어 놓고 나가서 일을 하고 들어와 보면 시렁***에 덜렁 올라가 있지를 않나, 곁에 뉘어 놓고 잠깐 잠

---

* 내외: 남편과 아내를 아울러 이르는 말
** 구메농사: 작은 규모로 짓는 농사
*** 시렁: 물건을 얹어 놓기 위하여 방이나 마루 벽에 두 개의 긴 나무를 가로질러 선반처럼 만든 것

들었다 깨어나 보면 장롱 위에 납죽 올라가 있지를 않나. 이래서 참 이상하게 여긴 어머니, 아버지가 하루는 아기를 방에 두고 나와서 문구멍으로 들여다봤지. 그랬더니 아 이런 변이 있나. 글쎄 아기가 방 안에서 포르르포르르 날아다니지 뭐야. 가만히 보니 아기 겨드랑이에 조그마한 날개가, 꼭 얼레빗*만 한 게 뾰조록하니 붙어 있더란 말이지. 그걸 보고 어머니가 그만 기겁을 해.

"아이고, 여보, 이것 큰일 났소. 내가 아기를 낳아도 예사 아기를 낳은 게 아니라 영웅을 낳았소."

겨드랑이에 날개 돋친 아기는 영웅으로 태어난 아기란다. 그런데 이게 참 좋아할 일이 아니라 기겁을 할 일이야. 가난한 백성이 영웅을 낳으면 임금과 벼슬아치들이 가만히 두지를 않거든. 영웅이 백성들을 살리려고 저희들과 맞서 싸우기라도 하면 큰일이니, 힘을 쓰기 전에 죽여 버리려고 든단 말이야. 잘못하다가는 온 식구가 다 죽을 판국이지.

그래서 어머니, 아버지가 의논 끝에 우투리를 데리고 지리산 속 아주아주 깊은 골로, 사람 발길이 닿지 않는 곳으로 들어가 숨어 살았어.

그런데 발 없는 말이 천 리 간다더니, 우투리라고 하는 영웅이 지리산에 났다고, 이런 소문이 백성들 사이에 돌고 돌아 임금 귀에까지 들어가게 됐어. 임금이 그 소문을 듣고 가만히 있을 리 있

* 얼레빗: 빗살이 굵고 성긴 큰 빗

나. 사납고 힘센 장군을 뽑아 우투리를 잡으러 보냈어. 장군이 군사들을 많이 거느리고 우투리네 집에 들이닥쳤지.

그런데 우투리가 참 영웅이라도 큰 영웅인지, 군사들이 몰려오는 걸 어떻게 알고 감쪽같이 사라져 버렸어. 어디로 갔는지 자취도 없어. 그 많은 군사들이 온 산속을 이 잡듯이 뒤져도 못 찾지. 사흘 밤낮을 뒤지고도 못 찾으니까 장군이 애매한 우투리 어머니, 아버지를 잡아갔어. 잡아가서 묶어 놓고 곤장을 치는 거야.

"우투리 있는 곳을 어서 대라."

이렇게 으르면서 곤장을 친단 말이야. 그런데 어머니, 아버진들 알 수가 있나. 때려도 때려도 모른다고 하니까 어쩔 수 없었던지 사흘 만에 풀어 줬지.

어머니, 아버지가 초주검*이 돼 가지고 집으로 돌아오니, 그새 우투리가 집에 돌아와 눈물을 줄줄 흘리면서 기다리고 있어. 저때문에 어머니, 아버지가 두드려 맞은 걸 보고 가슴이 아파서 그러지.

그런 뒤에 하루는 우투리가 어디서 구했는지 콩을 한 말이나 가지고 와서 어머니한테 볶아 달라고 그러더래. 그래서 어머니가 콩을 솥에 넣고 볶는데, 볶다가 보니 콩 한 알이 톡 튀어나오겠지. 하도 배가 고파서 어머니가 그걸 주워 먹어 버렸네. 그러니까 한 말에서 한 알이 모자라게 볶아 줬단 말이야.

---

* 초주검: 두들겨 맞거나 병이 깊어서 거의 다 죽게 된 상태. 또는 피곤에 지쳐서 꼼짝을 할 수 없게 된 상태

우투리가 그걸로 갑옷을 짓는데, 볶은 콩을 하나하나 붙여 옷을 만드니 온몸을 다 가릴 만큼 되었어. 그런데 딱 한 알이 모자라서 한 군데를 못 가렸어. 어디를 못 가렸는고 하니 왼쪽 겨드랑이 날갯죽지 바로 아래를 못 가렸어.

우투리가 그렇게 갑옷을 지어 입고 나서 어머니더러,

"조금 있으면 군사들이 다시 올 것입니다. 혹시 내가 싸우다 죽거든 뒷산 바위 밑에 묻어 주되, 좁쌀 서* 되, 콩 서 되, 팥 서 되를 같이 묻어 주세요. 그리고 3년 동안은 아무에게도 묻힌 곳을 가르쳐 주지 마세요. 그렇게만 하면 3년 뒤에는 나를 다시 만날 수 있을 것입니다."

이러거든.

그러고 나서 조금 있으니 아닌 게 아니라 장군이 군사들을 데리고 다시 왔어. 우투리가 갑옷을, 그 왜 볶은 콩으로 지은 갑옷 있잖아. 그걸 입고 집 앞에 떡 버티고 섰으니, 군사들이 겁을 내어 가까이 오지 못하고 멀리서 활을 쏘는데, 뭐 몇백 발을 쏘는지 몇천 발을 쏘는지 몰라.

화살이 참 비 오듯이 쏟아져. 그 많은 화살이 죄다 갑옷에 맞아 부러지는데, 꼭 썩은 겨릅대** 부러지듯 툭툭 부러져. 그러니 그 많은 화살을 다 맞아도 끄떡없어. 군사들이 화살을 다 쏘고 이제 딱 한 개가 남았는데, 그때 갑자기 우투리가 왼팔을 번쩍 들어

* 서: 그 수량이 셋임을 나타내는 말
** 겨릅대: 껍질을 벗긴 삼의 줄기

겨드랑이를 썩 내놓는 게 아니겠어? 그 콩 한 알 모자라서 날갯죽지 밑에 맨살 드러난 데 말이야. 거기를 썩 드러내 놓고 가만히 서 있는 거야. 그때 마지막 한 개 남은 화살이 탁 날아와서 거기를 딱 맞추니 우투리가 풀썩 쓰러져 죽었어.

장군이 군사들을 데리고 돌아간 뒤에, 어머니, 아버지가 슬피 울면서 우투리를 뒷산 바위 밑에 묻어 줬어. 우투리 말대로 좁쌀 서 되, 콩 서 되, 팥 서 되를 같이 넣어서 묻어 줬지.

그러고 나서 세월이 흘렀는데, 거의 한 3년이 흘렀나 봐. 그동안 백성들 사이에서 소문이 나기를, 우투리가 아직 안 죽고 살아 있다, 지리산 속에서 병사를 기르며 때를 기다린다, 이런 소문이 짜하게* 퍼졌어. 사방이 고요하면 산속에서 병사들이 말을 타고 내닫는 소리가 두가닥두가닥 들린다고도 하고, 얼마 안 있으면 우투리가 산에서 나와 백성들을 다 구할 거라고도 하고, 이런 소문이 돌고 돌아 또 임금 귀에까지 들어갔지.

"에잇, 안 되겠다. 이번에는 내 손으로 죽이는 수밖에 없다."

임금이 화가 나서 군사들을 많이 데리고 우투리네 집을 찾아갔어. 찾아가서 우투리 어머니, 아버지더러,

"우투리를 어디에 묻었느냐? 바른 대로 대라."

하고 을러대겠지. 그런다고 어머니, 아버지가 순순히 가르쳐 줄 리 있나. 입을 딱 다물고 죽어도 말 못 한다고 버텼지. 아무리 으

---

* 짜하다: 퍼진 소문이 왁자하다.

름장을 놓아도 말을 안 하니까 임금이 시퍼런 칼을 아버지 목에 딱 갖다 대고,

"이래도 말 안 할 테냐?"

하는데, 그걸 보니 어머니가 그만 눈앞이 아득해져서 저도 모르게 뒷산 바위 밑에 묻었노라고 말해 버렸어.

임금이 그길로 뒷산에 가서 우투리 묻었다는 바위 밑을 파 보았지. 그런데 이게 참 귀신이 곡할 노릇이야. 암만 파도 아무것도 안 나와. 우투리는커녕 개미 뒷다리 하나 없어. 아주 깨끗해. 임금이 가만히 살펴보니, 우투리가 살아 있다면 숨을 데라고는 그 위에 있는 바위 속뿐이겠거든. 그렇지만 바위에 뭐 틈이 있기나 하나. 바위를 열고 속을 들여다보려고 해도 도무지 열 재간이 있어야 말이지. 임금이 바위를 이리 쳐다보고 저리 쳐다보고 빙빙 돌기만 하다가 다시 우투리 어머니, 아버지한테로 갔어. 가서,

"우투리 낳을 때 뭐 이상한 일이 없었느냐? 바른 대로 대라."

하는데, 이번에도 칼을 아버지 목에 딱 갖다 대고 으름장을 놓으니 어머니가 그만 눈앞이 아득해 가지고, 탯줄이 안 잘라져서 억새풀로 잘랐노라고 말해 버렸어.

임금이 다시 뒷산으로 가서 억새풀을 한 아름 베어다 바위를 탁 쳤지. 그랬더니 이게 웬일이야? 우루루 하고 땅이 흔들리면서 바위 한가운데에 금이 쩍 나더니 그 큰 바위가 스르르 두 쪽으로 갈라지지 않겠어? 갈라진 틈으로 바위 속을 들여다보니, 야, 참 이런 장관이 없구나.

소문대로 우투리가 죽지 않고 살아, 바위 속에서 병사를 기르고 있었던 게지. 그사이에 좁쌀 서 되, 콩 서 되, 팥 서 되가 모조리 병사가 되고 말이 되고 투구가 됐어. 투구를 쓴 병사들이 저마다 말을 타고 늘어섰는데, 그 수가 몇천이나 되는지 몇만이나 되는지 몰라. 그때 우투리는 막 말을 타려고 한 발은 땅을 딛고 한 발은 말안장에 걸쳤는데, 그때 그만 바위가 갈라져 버린 거야. 바위가 갈라져 바깥바람이 들어가니까 그 많은 병사들이 스르르 녹아서 없어지고, 우투리도 스르르 눈 녹듯이 녹아서 형체가 없어져 버렸어. 그때가 3년에서 딱 하루가 빠지는 날이었단다. 하루만 더 있었으면 우투리가 병사들과 함께 바위를 열고 나와 백성들을 살렸을 텐데, 딱 하루가 모자라 그리 되고 말았어.

바위가 열리고 우투리가 병사들과 함께 사라지던 바로 그 순간, 지리산 자락 어느 냇가에 날개 달린 말이 나타나 사흘 밤 사흘 낮을 울었대. 그렇게 슬피 울던 말은 냇물 속으로 스르르 들어가 버렸는데, 그 뒤에도 물속에서는 자주 말 우는 소리가 들렸대. 백성들은 그 소리를 듣고 우투리가 아직도 죽지 않고 살아 있다고 믿었어. 날개 달린 말이 우투리를 태우고 물속으로 들어갔다고 믿은 게지. 우투리는 지금도 그 물속에 살아 있을까?

2

오늘이

작자 미상(김춘옥 풀어 씀)

어떻게 읽을까?

① 주인공 오늘이의 여정에 주목해 보세요.
② 오늘이의 행동을 통해 오늘이의 삶에 대한 태도를 생각해 보세요.

강림 들판에 이름도 성도 없는 소녀가 홀로 살고 있었어요. 어느 날 이곳을 지나가던 사람들이 소녀를 발견하고는 물었지요.

"저런, 지금까지 여기서 어떻게 혼자 살았니?"

"예, 학이 날아와서 먹을 것을 주고, 날개로 품어 주었어요."

"그럼 오늘을 낳은 날로 하고, 네 이름을 오늘이라고 하자."

사람들이 소녀에게 이름을 지어 주었어요. 그리고 세상에서 모르는 일이 없는 백씨 부인에게로 오늘이를 데리고 갔지요.

백씨 부인이 오늘이에게 물었어요.

"네 부모님이 누군지 아느냐?"

"아니요, 전 부모님이 누군지 모릅니다."

"딱하기도 하지. 네 부모님은 원천강*을 다스리는 분들이야."

"정말요? 그럼 원천강은 어찌 가나요?"

오늘이가 눈을 반짝이며 백씨 부인에게 물었어요.

"저 길로 가다 보면 흰모래 마을 외딴집에서 글을 읽는 장상이라는 도령이 있을 게야. 그 도령에게 물어보아라."

오늘이는 곧장 장상 도령을 찾아갔어요.

• 원천강: 저승 한편에 위치하며 사계절이 한데 모여 있는 신비의 공간

"도련님, 원천강 가는 길 좀 알려 주세요."

"서쪽 길로 가시면 연못이 나오는데, 거기에 있는 연꽃에게 물어보십시오. 그리고 원천강에 가시거든 제가 언제까지 여기에서 글을 읽어야 하는지 알아봐 주시겠습니까?"

오늘이는 부탁을 들어주기로 하고, 연꽃을 찾아갔어요.

"저기 청수바다에서 몸부림을 치고 있는 이무기*에게 물어보세요. 그리고 원천강에 가시거든, 저는 왜 한 가지에 한 송이의 꽃만 피워야 하는지 물어봐 주시겠어요?"

오늘이는 연꽃의 부탁도 들어주기로 하고, 이무기에게 갔어요.

"낯선 땅에 가면 매일이라는 처녀가 외딴집에서 글을 읽고 있을 거요. 그 처녀가 알 거요. 원천강에 가거든, 다른 이무기는 야광주**를 한 개만 물어도 용이 되어 하늘로 오르는데, 난 왜 세 개나 물어도 용이 되지 못하는지 알아봐 주시오."

이무기는 오늘이를 등에 태우고 청수바다를 건넜어요. 오늘이는 이무기의 부탁을 꼭 들어주겠다고 약속하고, 매일이라는 처녀를 찾아갔어요.

"이쪽으로 계속 가시면 샘 앞에서 선녀들이 눈물을 흘리고 있을 거예요. 그 선녀들에게 물어보세요. 그리고 원천강에 가시거든, 제가 왜 계속 글만 읽어야 하는지 알아봐 주세요."

---

* 이무기: 전설상의 동물로 뿔이 없는 용. 어떤 저주 때문에 용이 되지 못하고 물속에 산다는, 여러 해 묵은 큰 구렁이를 이른다.
** 야광주: 어두운 곳에서 빛을 내는 구슬

오늘이는 매일이 처녀의 부탁을 들어주기로 하고, 선녀들을 찾아갔어요.

"왜 울고 계신가요?"

"우리는 하늘나라의 선녀들이에요. 죄를 지어서 샘물을 퍼내는 벌을 받고 있는데 샘물이 조금도 줄어들지 않아요."

오늘이가 자세히 살펴보니, 선녀들의 물바가지 밑에 구멍이 뚫려 있었어요. 오늘이는 들풀과 송진으로 바가지의 구멍을 메워 주었지요. 덕분에 선녀들은 금방 물을 퍼낼 수 있었어요.

"정말 고맙습니다. 어서 저희를 따라오세요."

선녀들이 뛸 듯이 기뻐하며 오늘이를 원천강 입구까지 데려다 주었어요. 오늘이는 드디어 꿈에 그리던 부모님을 만났어요.

"딸아, 어서 오너라. 우리는 너를 낳은 날에 옥황상제의 명을 받고 이곳을 지키러 왔단다. 하지만 그동안 학을 보내어 너를 멀리서나마 보살피고 있었단다."

부모님은 오늘이를 꼭 껴안아 주었어요. 그리고 봄, 여름, 가을, 겨울이 함께 있는 아름다운 원천강을 구경시켜 주었지요.

오늘이는 하루하루 행복한 시간을 보냈어요. 하지만 원천강에 오는 길을 안내해 준 이들과 한 약속을 잊을 수는 없었지요.

오늘이는 오는 길에 일어난 일들을 부모님에게 말했어요. 그러자 부모님이 답을 일러 주었지요.

"장상 도령과 매일이가 부부가 되면 둘은 영원히 행복할 거란다. 그리고 연꽃에게 윗가지의 꽃을 따서 처음 만나는 사람에게 주라고 해라. 그러면 다른 가지에도 꽃이 만발할 거야. 이무기는 욕심이 많아서 야광주를 세 개나 물고 있지. 처음 만나는 사람에게 두 개를 주면 용이 되어 하늘로 오를 수 있을 거란다."

오늘이는 약속을 지키기 위해 부모님과 이별하고 다시 길을 떠났어요. 먼저 매일이 처녀를 찾아가 장상 도령에게 함께 가 보자고 했어요. 그리고 이무기를 만나 하늘로 오르지 못하는 이유를 말해 주자, 이무기는 야광주 두 개를 뱉어 오늘이에게 주었어요.

그러자 갑자기 하늘에서 요란한 소리가 나더니 이무기가 용이 되어 하늘로 올라갔답니다.

다음은 연꽃을 만나러 갔어요. 연꽃은 오늘이의 이야기를 듣고는 윗가지의 꽃을 꺾어 오늘이에게 주었어요. 그러자 가지마다 꽃이 피어나 향기가 사방에 퍼졌지요. 마지막으로, 매일이 처녀와 장상 도령은 보자마자 서로 얼마나 좋아하게 되었는지 잡은 손을 절대 놓지 않았어요.

그 후, 오늘이는 하늘나라 선녀가 되어 하늘에서 원천강을 돌보며 세상에 봄, 여름, 가을, 겨울을 전한답니다. 그리고 지금도 세상을 돌아다니며 어려움을 겪는 사람들을 달래 주고 있답니다.

3

서로를 지켜 준 효자와 호랑이

작자 미상(송지현 글)

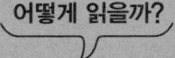

어떻게 읽을까?

① 효자와 호랑이는 서로에게 어떤 존재인지 생각해 보세요.
② 이 작품을 읽으며 우리 민족이 '효'라는 가치를 어떻게 여겨 왔는지 생각해 보세요.

  옛날 전라남도 진도군에 마음씨 착한 효자가 살았다. 효자의 아버지가 세상을 떠나자 효자는 장례를 치르고 아버지의 묘 앞에 천막을 치고 지냈다. 어느 날 밤 갑자기 호랑이가 나타났다. 효자는 잔뜩 겁에 질려 온몸이 덜덜 떨려 아무것도 할 수 없었다. 그러나 호랑이는 효자를 위협하지 않고 아버지의 묘를 돌더니 효자의 곁에 누운 채 아침이 될 때까지 효자를 보호해 주었다. 효자는 두려웠던 마음이 점점 누그러졌다. 그 후로 호랑이는 밤마다 찾아와 효자 곁을 지켜 주고 아침에 떠나곤 하였다. 그렇게 아버지의 묘 곁에서 지낸 지 3년이 되던 마지막 날 밤이었다. 효자가 깜빡 졸다가 꿈을 꾸었는데 호랑이가 나타나

  "내가 지금 해남의 어느 마을에 와 있는데 덫에 걸려 꼼짝 못하고 있으니 당신이 오면 살 수 있고 오지 않으면 죽을 것이니 와서 나를 좀 구해 주시오."

라고 하였다. 효자가 놀라 일어나서 급히 배를 빌려 해남으로 향했다. 꿈에서 들었던 말대로 호랑이가 덫에 걸려 사람들에게 둘러싸여 죽기 직전이었다. 효자가 정신없이 달려가며

  "해치지 마시오! 그 짐승은 내 호랑이란 말이오!"

라고 외쳤다.

　사람들이 상복을 입은 사내가 허둥지둥 달려오는 것을 보고 일
단 멈추어 기다렸다. 효자가 그간의 사정을 전하니 사람들이 놀
라며 믿을 수 없다는 반응이었다. 사람들은 효자에게

　"저 호랑이가 진정 당신의 것이라면 가까이 다가가 만질 수 있
　겠소? 호랑이를 만진다면 당신의 말을 믿고 죽이지 않을 것이
　니 어서 만져 보시오."

라고 하였다. 효자는 바로 호랑이의 등을 쓸어 주었다. 호랑이는
효자에게 고마워하며 효자의 손을 핥았다. 이 모습을 본 해남 사

람들은 효자에게 호랑이를 넘겨주었다. 효자는 호랑이와 함께 그 마을을 빠져나와 산길로 향했는데 호랑이는 어느 순간 사라져 보이지 않았다. 이 효자의 소문이 퍼져 궁궐에까지 전해지게 되었고 임금은 효자의 효행을 표창하여 정문*을 내려 주었다고 한다.

---

* 정문: 충신, 효자, 열녀 들을 표창하기 위하여 그 집 앞에 세우던 붉은 문

4

바보 사또

작자 미상(정영애 글)

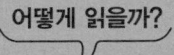

어떻게 읽을까?

① 작품에 등장하는 이방과 사또는 어떤 성격의 인물인지 생각하며 읽어 보세요.
② 달을 중심으로 이방과 사또의 관계가 어떤 식으로 전개되는지 확인하면서 읽어 보세요.

옛날 어느 마을에 사또가 새로 부임했습니다*. 이 마을의 이방**
이 나랏돈을 함부로 쓰고 있다는 소문을 들은 사또는 이방의 죄
를 알아내려고 일부러 바보인 척했습니다. 사또가 어리석다고 생
각한 이방은 그동안 했던 것처럼 나랏돈을 마음대로 썼습니다.
이 소식을 들은 마을 사람들은 걱정스러운 마음을 감추지 못했습
니다.

"아이고! 큰일 났네, 큰일 났어! 어디서 저런 바보 사또가 왔
담."

그러던 어느 그믐날*** 밤, 마당에 나온 사또가 이방에게 물었습
니다.

"이방, 이 마을에는 왜 달이 보이지 않느냐?"

'아이고, 바보도 이런 바보가 없군. 오늘은 그믐날이니까 달이
보이지 않을 수밖에……. 허허, 옳거니! 좋은 수가 있다.'

이방은 재빨리 거짓말을 지어냈습니다.

"사또, 우리 마을에 있던 달은 예전에 계시던 사또가 다른 마을

---

* 부임하다: 임명이나 발령을 받아 근무할 곳으로 가다.
** 이방: 조선 시대에, 각 지방 관아에서 인사·비서에 관한 일을 맡아보던 사람
*** 그믐날: 음력으로 그 달의 마지막 날

에 팔아 버렸습니다. 그러니 달이 보이지 않을 수밖에요.”

사또는 시치미를 뚝 떼고 말했습니다.

“허허, 달이 보이지 않으면 사람들이 캄캄한 길을 가기가 무서
울 텐데……. 이방, 무슨 좋은 방법이 없느냐?”

“마침 이웃 마을에서 달을 만들어 팔고 있는데, 달 하나를 만들
려면 일주일이 걸린답니다. 값은 500냥이고요.”

“그래? 내가 500냥을 줄 테니 얼른 가서 달을 사 오너라.”

이방은 사또가 준 돈을 받아서 실컷 놀다가 일주일이 지나 반
달이 뜬 밤에 돌아왔습니다.

"사또, 달을 사서 하늘에 띄워 놓았습니다."

"수고했네. 그런데 이방, 왜 달 하나 값을 가지고 반쪽만 사 왔는가?"

"예? 아, 그건 값이 올라서 그렇습니다."

"그렇다면 돈을 더 줄 테니 달 하나를 사 오게. 저런 반쪽을 가지고 어디 어두워서 쓰겠는가?"

이방은 사또가 준 돈을 다 쓰고 일주일이 지나 보름달이 뜰 무렵 돌아왔습니다.

"사또, 사또! 둥그런 보름달을 하늘에 두둥실 띄워 놓았습니다."

"어디 보자, 이제야 대낮 같구나. 그거참 잘했다."

사또는 이방이 괘씸한 것을 꾹 참고 다시 반달이 떠오르기를 기다렸습니다.

일주일이 지나자 드디어 반달이 떠올랐습니다. 이날을 기다려 온 사또가 이방에게 말했습니다.

"이방, 비싼 돈을 주고 사 온 달 반쪽이 어디 갔느냐? 네 맘대로 다시 팔아 치운 것은 아니겠지? 없어진 달을 당장 찾아오너라!"

'아이고 이 일을 어쩐다. 그동안 바보인 줄만 알았는데…….'

이방의 얼굴이 하얗게 질렸습니다. 그러자 사또가 이방에게 외쳤습니다.

"네 이놈, 감히 거짓말을 해서 나랏돈을 마구 쓰다니! 여봐라,

저놈을 당장 감옥에 가두어라."

결국 이방은 감옥에 갇히고 말았습니다. 사또의 현명함에 마을 사람들은 무릎을 탁 치며 기뻐했습니다.

"사또가 바보인 줄만 알았는데 알고 보니 현명한 사람이더군요."

"그러게 말이야. 잘된 일이야."

마을 사람들은 사또의 현명함을 칭송하는 비석을 세우고 오래 오래 사또를 칭찬했답니다.

5

열두 살 나이에 고구려를 세우다 – 주몽

일연(김원중 풀어 씀)

어떻게 읽을까?

주몽이 고난과 위기를 어떻게 극복하며 고구려를 세우게 되었는지 살펴보고, 이후의 이야기도
찾아 읽어 보세요.

고구려의 나라 이름은 처음엔 졸본 부여였다. 고구려를 세운 동명 성왕은 성이 고씨이고 이름은 주몽이었다. 주몽의 탄생과 고구려 건국에 얽힌 이야기는 이러하다.

당시 북부여의 왕이었던 해부루는 천제*의 명령으로 동부여로 피해 가서 살았다. 해부루는 아들이 없어 이 자리를 금와가 이어받았다.

어느 날 금와가 태백산 남쪽의 우발수라는 강을 지날 때였다. 매우 아리따운 여인이 강변에서 울고 있는 것이었다.

"웬 여인이 어인 일로 그리 슬피 울고 있는가?"

왕의 물음에 여인이 울음을 그치고 대답했다.

"저는 북부여의 물의 신 하백의 딸로 이름은 유화라고 합니다. 어느 화창한 날, 동생들과 함께 놀러 나왔는데, 웬 남자가 나타나 자신이 하늘나라 임금의 아들 해모수라고 하면서 웅신산 아래 압록강 가에 있는 집으로 저를 데려가 정을 통했습니다. 그러고는 저를 버리고 떠나가선 돌아오지 않았습니다. 부모님은

• 천제: 우주를 창조하고 다스린다고 하는 신

제가 혼인도 하지 않은 채 낯선 남자를 따라가 함부로 정을 통한 것을 알고 노발대발하여 이곳으로 귀양을 보냈습니다."

아무래도 평범한 여인이 아니다 싶었던 금와왕은 그녀를 궁궐로 데려왔다. 그리고 사람들의 눈에 띄지 않는 궁궐의 외딴곳에 거처를 마련해 주고 시중드는 사람들에게 유화를 잘 지켜보도록 했다.

어느 날 유화에게 신기한 일이 생겼다. 따사로운 햇빛이 유화가 머물고 있는 어두운 방 안을 환하게 비추었다. 그런데 유화가 햇빛을 피하는데도 햇빛이 자꾸 따라다니며 비추는 것이었다. 더욱 신기한 일은 그 뒤로 유화의 배가 점점 불러 오더니 열 달이 되자 알을 하나 낳은 것이었다. 알은 크기가 무려 닷 되들이*쯤 되었다.

사람의 몸으로 알을 낳은 유화를 보자 금와왕은 그녀를 궁궐로 데리고 온 것을 후회했다. 그렇다고 이제 와서 다시 내쫓아 버릴 수도 없는 노릇이었다. 금와왕은 왠지 꺼림칙하여 알을 개와 돼지에게 던져 주라고 명했다. 그런데 그 어떤 짐승도 이 알을 먹지 않았다. 이번에는 알을 다시 길가에 내다 버렸다. 하지만 이번에도 길을 지나는 소나 말이 하나같이 그 알을 피해 다니는 것이었다. 금와왕은 더욱 이상한 생각이 들어 알을 새와 짐승이 먹도록 거친 들판에다 버렸다. 그러자 새들이 알에 다가와 오히려 깃

• 닷 되들이: '되'는 곡식, 가루, 액체 등을 담아 분량을 헤아리는 데 쓰는 도구로 한 되는 약 1.8 리터에 해당한다. '닷 되들이'는 다섯 되 분량을 말한다.

털로 덮어 주는 것이었다. 왕은 이 알을 그냥 두어서는 안 된다고
생각하고는 깨뜨려 버리려고 했지만 너무 단단해 도무지 깨지지
않았다. 이러지도 저러지도 못한 금와왕은 결국 알을 유화에게
되돌려주었다.

　유화는 돌려받은 알을 천으로 부드럽게 감싸 따뜻한 곳에 두었
다. 얼마 지나지 않아 어린아이 하나가 스스로 껍데기를 깨고 나
왔는데, 아이의 모습이 남달랐다. 또한 영특했다.

　아이는 일곱 살에 이미 용모가 빼어났고 뛰어난 재주를 보였
다. 아이는 제 스스로 활과 화살을 만들어 쏘곤 했는데, 100번 쏘
면 100번을 다 맞혔다. 당시 동부여에서는 활을 잘 쏘는 사람을

주몽이라 부르는 풍속이 있어서 금와왕을 비롯한 주변 사람 모두가 그를 주몽이라고 불렀다.

당시 금와왕에게는 일곱 명의 아들이 있었는데, 그들은 언제나 주몽과 함께 어울려 놀았다. 그러나 금와왕의 아들들은 그 재능이 도저히 주몽을 따라가지 못하였다. 하루는 맏아들 대소가 아버지 금와왕에게 아뢰었다.

"주몽은 사람의 몸에서 태어난 자가 아닙니다. 없애 버리지 않으면 뒤탈*이 있을 것입니다."

그러나 금와왕은 섬뜩한 주장을 하는 맏아들 대소의 말을 귀담아듣지 않았다. 오히려 왕은 주몽이 태어나기 전에 생겨났던 일들을 곰곰이 되새겨 보았고, 고민 끝에 주몽에게 말을 기르도록 하였다.

주몽은 말을 알아보고 기르는 재주가 있었다. 그런데 주몽은 힘이 좋고 날쌘 말에게는 먹이를 조금씩 주어 비쩍 마르게 만들었고, 반대로 늙고 병든 말은 잘 먹여 살을 찌워 겉으로 힘차고 좋아 보이는 말로 변신시켰다. 그러자 금와왕은 보기 좋게 살찐 말은 자기가 탔고, 겉으로는 비쩍 말랐지만 실은 날쌘 말을 주몽에게 주었다. 사실 주몽은 자신에게 닥쳐올 앞날을 내다보고 이렇게 행동한 것이었다.

그 무렵 대소는 다른 동생들과 신하들을 꾀어 어떻게든 자신에

• 뒤탈: 어떤 일의 뒤에 생기는 탈

게 위협이 될 수 있는 주몽을 해치려고 이런저런 음모를 꾸몄다. 이런 사실을 알게 된 주몽의 어머니 유화가 어느 날 아들에게 몰래 말했다.

"태자 대소를 비롯해 많은 사람이 너를 해치려고 하지만, 네가 영특하니 어디로 간들 살지 못하겠느냐? 빨리 이곳을 떠나 목숨을 보존하도록 하여라."

어머니의 말을 들은 주몽은 평소에 자신을 따르던 오이를 비롯한 세 명의 부하를 데리고 몰래 부여를 떠나기로 했다. 하지만 대소 또한 주몽의 행동을 눈여겨보고 있던 터라, 주몽이 떠났다는 사실을 알고 부하들과 함께 뒤쫓았다. 주몽은 대소와 그 부하들

의 추격을 피해 말을 달려 엄수라는 강가에 이르렀다. 그런데 엄수는 넓은 강이었고 더구나 물살도 거세어 더는 달아날 수가 없었다. 주몽이 강물을 향해 큰 소리로 외쳤다.

"나는 해모수의 아들이자 물의 신 하백의 외손자다. 지금 나를 죽이려는 자들을 피해 달아나는데 뒤쫓는 자들이 코앞까지 따라왔으니 내가 어떻게 하면 좋겠는가?"

주몽의 말이 끝나자마자 신기한 일이 벌어졌다. 갑자기 강물 위로 수많은 물고기와 자라가 떠올라 다리를 만들어 주는 것이었다. 그리고 주몽 일행이 무사히 강을 건너자마자 남김없이 물속으로 사라져 버렸다. 주몽을 뒤쫓던 대소와 그 부하들은 발을 동

동 구르며 그 광경을 바라만 볼 뿐이었다.

어렵게 목숨을 건진 주몽은 졸본주에 도착해 이곳을 자신이 장차 다스릴 나라의 도읍으로 정했다. 그리고 일단 비류수 강가에 초가를 짓고 임시로 궁궐로 삼았으며, 나라 이름을 '고구려'라 짓고 '고'를 자신의 성씨로 삼았다.

이때, 주몽의 나이 겨우 열두 살이었다.

6

심청전

작자 미상(정출헌 풀어 씀)

어떻게 읽을까?

① 이 작품은 우리에게 어떤 삶의 가치를 말해 주고 있을까요? '효도' 외에도 주목할 만한 메시지
가 있는지 살펴보세요.
② 아버지를 위한 심청의 행동이 과연 옳은 것이었는지 생각해 보세요.

  옛날 황주 도화동이라는 곳에 심학규라는 맹인이 살았어. 사람들은 그를 심 봉사라고 불렀지. 어느 날 심 봉사는 신비한 꿈을 꾸고 딸을 낳았고 이름을 청이라 지었지. 그러나 심 봉사의 부인 곽씨가 아이를 낳은 지 7일 만에 병으로 죽고, 눈먼 아버지가 어린 딸을 키우게 됐어. 심학규는 동네 아낙네들에게 젖동냥*을 하여 어렵게 딸을 키웠고, 청이는 마음씨 곱고 어여쁘게 자라났어.

  어느 날 청이가 잔칫집 일을 돕느라 귀가가 늦어지자, 심 봉사가 딸을 마중 나갔다가 그만 강물에 빠지고 말았어. 마침 지나가던 몽운사의 스님이 물에 빠진 심 봉사를 건져 주었어. 심 봉사의 처지를 딱하게 여긴 스님은 부처님께 공양미**를 바치면 눈을 뜰 수 있을 것이라고 말했어. 심 봉사는 공양미 300석을 바칠 형편이 못 되었지만 앞을 볼 수 있다는 말에 덜컥 시주***를 하겠다고 약속해 버리고 말았지.

---

* 젖동냥: 젖먹이를 기르기 위하여 남의 집으로 젖을 얻으러 다니는 일
** 공양미: 부처님에게 바치는 쌀
*** 시주: 절이나 승려에게 물건을 베풀어 주는 일

인당수 제물이 되기로 한 청이

청이가 집에 돌아와 보니, 아버지가 물에 빠진 생쥐 꼴이 되어서 서럽게 울고 있었어.

"아버지, 이게 무슨 일이에요? 마나님과 이런저런 얘기 하다 보니 좀 늦었어요. 아버지, 우선 젖은 옷 벗으시고 새 옷으로 갈아입으세요."

청이는 서둘러 장롱 안에서 옷을 내주고는 부엌으로 가서 승상 댁에서 얻어 온 양식으로 밥을 지어 드렸어.

"아버지, 진지 잡수세요. 따뜻한 국도 있으니 어서 많이 잡수세요."

청이는 심 봉사의 손을 끌어당겨 숟가락을 쥐여 주었어. 그런데 심 봉사는 자신이 약속한 공양미 300석 생각 때문에 차마 밥상을 마주할 수가 없었지.

"청아, 나 밥 생각 없다."

"아버지, 왜 그러세요? 어디가 아프신가요? 아니면 제가 늦게 와서 화나셨나요?"

"아니다, 너는 알 것 없다."

심 봉사는 청이가 걱정할까 봐 말하지 않으려고 했어. 혼자만 알고 있다가 부처님께 자기 혼자 벌을 받을 생각이었지. 하지만 청이가 거듭거듭 물어보자 어쩔 수 없이 털어놓았어.

마중 나갔다가 개천에 빠졌던 일, 지나가던 스님이 구해 준 일, 공양미 300석을 올리면 눈을 뜰 수 있다는 말을 듣고 시주를 약속한 일까지 다 말했어.

"청아, 이 아비가 노망이 들었나 보다. 공양미를 구할 길이 없으니 내일 아침에 몽운사에 가서 없던 일로 하자고 말해 보마. 안 된다 하면 내가 벌을 받으면 된다. 너는 아무 걱정 말거라. 눈 뜰 욕심에 아비가 잘못했구나."

청이가 그 말을 듣고 아버지를 위로해 줬어.

"아버지, 걱정 마시고 진지 잡수셔요. 아버지가 눈을 뜰 수만 있다면 어떻게든 300석을 마련해서 몽운사로 보내야지요.”

“아니다. 가난한 우리 형편에 어찌 300석을 마련한단 말이냐? 내가 당장 몽운사로 가야겠다.”

청이는 비틀비틀 일어나려는 심 봉사를 붙잡으며 말했어.

“아버지, 효성이 지극하면 하늘도 감동해서 복을 준다고 하지 않습니까? 공양미 300석 얻을 길이 있을 테니 너무 걱정 마세요.”

청이는 이렇게 아버지를 위로하고는 물러 나왔어. 말은 그렇게 했지만 청이도 공양미를 마련할 길이 떠오르지 않았지. 답답한 마음에 한숨만 쉬다가 문득 고개를 들어 보니 휘영청 밝은 달이 떠 있었어.

‘저 달 속에서 어머니가 나를 보고 있겠지? 내가 죽으면 어머니 곁으로 갈 수 있으니 두려울 것도 없구나. 아버지가 눈을 뜰 수 있다면 목숨인들 아까우랴.’

청이는 자리에서 일어나 목욕하고 집 안을 깨끗이 청소한 뒤에 집 뒤뜰로 갔어. 그리고는 간절하게 빌었지.

“비나이다, 비나이다. 하늘님 달님 별님, 산에 계신 산신님, 물에 계신 용왕님, 부처님, 보살님 모두 모두 굽어살피소서. 저희 아버지 젊었을 때 눈이 멀어 아무것도 못 보고 온갖 고생을 다 했으니, 이 한 몸 바쳐서라도 아버지 눈을 뜰 수 있게 해 주십시오. 집이 가난하고 모아 둔 재물도 없으니, 부디 이 몸이라도 사 갈 사람을 보내 주시어 아버지 은혜를 갚게 해 주옵소서.”

그러던 어느 날이었어. 사람들 한 무리가 골목골목 다니면서 이렇게 외치는 거야.

"이보시오, 동네 사람들! 나이 열다섯쯤에 얼굴이 곱고 몸에 흉터가 없으며 행실 바르고 마음 착한 처녀를 찾고 있소. 그런 처녀가 있으면 좀 알려 주시오."

청이는 그 사람들이 왜 그런 처녀를 찾는지 궁금했어. 그래서 귀덕 어미에게 부탁해 젊은 처녀를 찾는 이유를 물어봐 달라고 했지.

"우리는 중국으로 다니면서 장사하는 뱃사람들인데, 인당수를 지날 때면 늘 파도가 심해 목숨이 위태롭지요. 이미 여러 장삿배가 인당수에서 뒤집혀 사람도 많이 죽고 물건도 많이 잃었습니다. 젊은 처녀를 제물로 바치면 험난한 바닷길이 잠잠해진다고 합니다. 일단 건너가기만 하면 장사에서 큰 이익을 낼 수 있으니, 제물이 되겠다는 처녀만 있으면 돈은 얼마든 드릴 것입니다."

청이는 그 말을 듣고 하늘이 자신의 기도를 들어준 것이라고 생각했어.

"나는 이 동네 사람인데, 제 아버지가 앞을 못 보십니다. 그런데 몽운사 스님이 공양미 300석을 바치고 정성껏 빌면 눈을 뜰 수 있다고 했지요. 하지만 집이 가난해서 공양미를 마련할 수가 없습니다. 당신들 말을 들으니 하늘이 도우시는 것 같네요. 내가 인당수 제물이 되겠어요."

뱃사람들은 청이 말을 듣고 반가운 마음에, 그날로 공양미 300석을 몽운사로 보내 주었어. 그러고는 배 떠나는 날을 일러 주며 말했지.

"심 낭자, 이달 보름에 배가 떠날 것이니 그날 새벽에 다시 오겠소. 마음 단단히 먹고 기다리시오."

청이는 아버지와 이별할 일을 생각하니 슬펐지만, 한편으로는 아버지가 눈 뜰 생각을 하니 기쁘기도 했어.

"아버지, 공양미 300석을 몽운사에 보냈으니 이제 아무 걱정 마세요."

"청아, 그게 무슨 말이냐? 300석을 네가 어떻게 마련했다는 말이냐?"

청이는 차마 사실대로 말할 수 없어 거짓으로 말을 지어냈어.

"지난번에 장 승상 댁에 갔을 때 승상 부인이 저를 딸 삼고 싶어 하셨는데 제가 사양했어요. 부인께서는 또 어려운 일이 있으면 언제든 말하라고 하셨지요. 그래서 공양미 300석 얘기를 부인께 말씀드렸습니다. 그랬더니 쌀 300석을 선뜻 내주셨어요. 그리고 저는 그 댁 수양딸*로 들어가기로 했습니다."

심 봉사는 청이 말을 듣고 반갑기도 하고 슬프기도 했어.

"그러면 이제 그 댁에 가서 사는 것이냐? 내 욕심 때문에 너를 잃게 되었구나."

---

* 수양딸: 남의 자식을 데려다가 제 자식처럼 기른 딸

하지만 심 봉사는 이내 마음을 고쳐먹고 밝은 표정을 지으며
말했어.

"아니다, 아니야. 오히려 잘됐다. 못난 아비 곁에서 고생하고
힘든 것보다는 부잣집에 들어가서 사랑받고 편하게 사는 게 더
낫지. 너만 잘 산다면야 나는 상관없다."

괜찮다고 말하는 아버지를 보며 청이는 아버지와 헤어질 일이
두려워 몰래 눈물을 흘렸어. 그리고 청이는 그날부터 혼자 남을
아버지를 위해 할 수 있는 일들을 하나하나 해 나갔단다.

먼저 아버지의 옷가지를 모두 꺼내어, 봄·여름·가을 옷은 빨
아서 다려 놓고, 겨울옷은 솜을 넣어 누벼 두고, 떨어진 버선은
꿰매어 놓고, 헌 갓은 먼지 털어 손질을 했어. 동냥할 때 쓸 바가
지도 여러 개 준비해 놓고, 앞뒤 뜰에 난 풀도 뽑고, 집 안 구석구
석을 깨끗하게 치웠지. 그러다 보니 어느새 시간이 흘러 배가 떠
나기로 한 날이 내일로 다가왔어.

떠나기 전날, 청이는 밥과 술을 준비해서 어머니 무덤에 작별
인사를 하러 갔어. 무덤에 난 풀을 뽑고 술 한 잔 올린 다음 절을
하는데, 눈물이 주르륵 흘러내렸어.

"어머니, 왜 그리 일찍 가셨나요? 고생해서 낳은 자식 재롱도
못 보고 효도도 못 받고 어찌 그리 일찍 가셨나요? 제가 이제
다 커서 어머니 무덤에 난 풀도 자주 뽑아 드리고, 해마다 제사
를 받들며 못다 한 효도를 하려고 했는데, 이제 물귀신이 되고
나면 우리 어머니 무덤은 누가 돌보고 우리 어머니 제사는 누

가 챙기나요?"

그동안 참았던 눈물을 쏟아 내며 슬퍼하니, 산에 사는 짐승들
이 모두 따라 우는 것 같았어.

"그래도 내가 죽으면 어머니를 만날 수 있으니, 꼭 다시 뵈어
요. 어머니가 제 얼굴을 못 알아보면 어쩌나? 청이가 내일 가
니 미리 알고 저를 맞아 주세요."

청이가 울다 지쳐서 터덕터덕 산을 내려오니 밤은 깊어 가고
있었어. 집에 들어와서 가만히 방문을 열어 보니, 심 봉사는 딸을
기다리다 이불도 못 펴고 잠이 들어 있었지. 등잔불을 밝혀 놓고
아버지의 얼굴을 들여다보고 있으니 또 눈물이 솟아나는 거야.

'내가 죽어 눈을 뜨면 다행인데, 눈 뜨는 그날까지 우리 아버지 어찌 살꼬? 내가 동냥 다닌 뒤로 몇 년 동안 바깥출입을 안 했으니, 다리에 힘도 없고 길도 몰라서 문밖에 나서기가 얼마나 어려울까? 아버지를 두고 가려 하니 손이 떨리고 다리가 떨리는구나. 아버지, 부디 나 죽은 다음에 눈을 뜨시고 편히 사세요.'

하염없이 눈물이 흐르는데, 부친이 깰까 봐 크게 울지도 못하고 울음을 삼킬 수밖에. 청이는 벌써 그리운 마음이 들어 잠든 아버지의 얼굴에다 자기 뺨도 대어 보고 손발도 만져 봤어.

'살아서 하는 이별은 소식을 들을 수도 있고 다시 만날 수도 있지. 하지만 우리 부녀 이별하면 소식을 알 길 없고, 다시 만날 수도 없겠구나. 내가 죽어 어머니를 만나면 아버지 소식을 물을 텐데, 무슨 말로 답을 할꼬? 오늘 밤에 지는 달을 함지*에 잡아 두고, 내일 아침 돋는 해를 동해 바다에 매어 두면 불쌍한 우리 아버지를 좀 더 오래 볼 텐데. 흐르는 시간을 그 누가 막겠는가? 애고애고 슬프구나.'

청이가 이렇게 울면서 밤을 새는데, 날이 차츰 밝아 오고 닭 울음소리가 새벽을 알리는구나.

닭아 닭아, 울지 마라. 부디 제발, 울지를 마라.

• 함지: 해가 진다고 하는 서쪽의 큰 못

네가 울면 날이 새고, 날이 새면 나 죽는다.

나 죽기는 서럽지 않으나

앞 못 보는 우리 아버지 누구에게 의지하며,

의지할 곳 없는 아버지를 혼자 두고 어찌 가라는 말이냐.

닭아 닭아, 울지 마라. 부디 제발 울지를 마라.

심 봉사와 청이의 슬픈 이별

하늘이 서서히 밝아 오자 청이는 마지막으로 아버지 아침밥을 지으려고 방문을 열고 나왔어. 그런데 뱃사람들이 벌써 와서 집 밖에서 웅성거리고 있는 거야. 뱃사람들은 청이가 나오는 것을 보고는 쭈뼛거리며 말했어.

"심 낭자, 날이 밝았소. 오늘이 배 떠나는 날이니 이제 그만 가 십시다."

이 말을 듣자 청이는 갑자기 얼굴빛이 파래지고 온몸에 힘이 빠졌어. 멍하니 서 있다가 겨우 정신을 차리고는 목이 메는 소리 로 뱃사람들에게 말했지.

"오늘이 약속한 날인 줄은 알고 있지만, 아버지께서는 내가 인 당수 제물로 팔려 가는 것을 모르고 계십니다. 만일 그런 줄 아 시면 큰일 날 테니 잠깐만 기다려 주세요. 마지막으로 아침밥 이나 드시게 하고 따라가겠습니다."

뱃사람들은 청이를 불쌍히 여겨 그러라고 했어. 청이가 부엌으로 들어가 눈물을 흘리며 밥을 지어 아버지께 올렸어. 마지막으로 올리는 밥상이라 많이 드시게 하느라고 고등어구이도 떼어 입에 넣어 드리고 김도 싸서 수저에 올려 드렸어.

"아버지, 진지 많이 잡수세요."

"청아, 오늘은 반찬이 유난히 좋구나. 뉘 집 제사였느냐? 그런데 청아, 내가 간밤에 꿈을 꾸었는데 네가 큰 수레를 타고 먼 곳으로 가더구나. 수레는 본래 귀한 사람이 타는 것인데, 장 승상 댁에서 너를 가마에 태워 데려가려는가 보다."

청이는 자기가 죽으러 가는 꿈이라고 짐작하지만 아버지가 편하게 진지 드시라고 또 거짓말을 했어.

"아버지, 그 꿈 참으로 좋습니다."

심 봉사가 아침밥을 다 먹은 뒤에 청이가 남은 밥을 앞에 놓고 한술 뜨려 하는데 자꾸만 눈물이 났어. 아버지 혼자 살아갈 일과 자기 죽을 일을 생각하니 정신이 아득하고 몸이 벌벌 떨려 숟가락을 들 수가 없었지. 그러고 있는데 바깥에서 뱃사람들이 부르는 소리가 들려왔어.

"심 낭자! 이제 배를 타러 갈 때가 되었으니 어서 떠납시다."

그 소리를 듣고 심 봉사가 깜짝 놀라며 말했어.

"청아, 이게 무슨 소리냐? 밖에서 부르는 사람들은 누구냐? 승상 댁에는 가마를 타고 가면 될 것을, 왜 배를 타고 간단 말이냐?"

청이는 결국 울음을 터뜨리며 심 봉사를 끌어안고 말했어.

"아이고, 아버지! 못난 딸자식이 아버지를 속였어요. 누가 우리한테 공양미 300석을 주겠어요? 중국으로 장사하러 가는 뱃사람들에게 인당수 제물로 몸을 팔았으니, 오늘이 저 죽으러 가는 날입니다."

"뭐라고? 다시 말해 보아라. 그게 무슨 말이냐? 뭐가 어쩌고 어째? 못 간다, 못 가. 네 몸이 부모한테서 물려받은 것인데, 어찌 나한테 묻지도 않고 네 마음대로 정했느냐? 누가 그리 가르쳤느냐? 자식이 죽으면 멀쩡하던 눈도 먼다는데, 자식을 죽이고 눈 뜨는 거 바라는 아비가 어디 있겠느냐? 못 간다, 절대 못 가!"

"이미 값을 치렀으니 어쩔 수 없습니다."

"몽운사로 보낸 쌀을 다시 가져다주면 된다. 어서 몽운사로 가자."

"벌써 쓰고 없을 거예요."

"인당수 용왕님이 사람을 제물로 받는다면, 그러면 내가 대신 가마. 이보게, 나를 대신 데려가게!"

"나이 15세 여자라야 된대요. 아버지는 안 돼요."

심 봉사는 청이가 마음을 돌리지 않자 문밖으로 달려나가 뱃사람들에게 호통을 쳤어.

"네 이놈들아! 장사도 좋지만 산 사람 죽여 제사 지내는 법이 어디 있느냐? 철없는 어린애를 속여 어찌 이럴 수 있단 말이

냐? 돈도 싫고 쌀도 싫고 눈 뜨기도 싫다. 내가 딸 대신 가면
어떠하냐? 여보시오, 동네 사람들! 내 딸 죽이러 가는 저런 놈
들을 그냥 두고 볼 것이오?"

뱃사람들과 동네 사람들은 할 말이 없어 그냥 지켜보며 서 있
고, 청이는 아버지를 말리며 위로했어. 그때 승상 댁 부인이 소식
을 듣고 급히 청이를 찾아왔어. 그러고는 청이 손을 부여잡고 눈
물을 흘리며 말했지.

"청아! 나는 너를 딸자식이라고 여겨 어려운 일이 있거든 말하
라고 했는데, 어찌 그런 일을 나한테 말하지 않았느냐? 나한테
말했더라면 쌀 300석을 내주었을 것인데……. 이제라도 쌀을

줄 테니 뱃사람들에게 돌려주거라."

"마님께 먼저 말씀드리지 못해 죄송합니다. 그러나 마님께서 저를 아껴 주시고 은혜를 베풀어 주셨는데, 제가 그것을 믿고 마님께 말씀을 드렸다면 그것은 염치없을 뿐 아니라 도리가 아닌 것 같습니다. 또한 어찌 남의 재물로 부모를 받들겠습니까? 게다가 뱃사람들과 이미 약속했으니 이제 와서 말을 바꿀 수도 없는 일입니다. 저는 이미 마음을 정했고, 제 운명도 이미 정해졌으니, 마님의 말씀은 참으로 고맙지만 따르지는 못할 것 같습니다. 마님의 하늘 같은 은혜와 어진 말씀은 저승에 가서도 잊지 않겠습니다."

청이는 눈물을 흘리며 진심으로 말씀을 드렸어. 장 승상 부인은 청이의 마음을 알고는 더 말리지 못했지. 다만 청이 손을 꼭 잡고 이렇게 말했어.

"내가 너를 만나서 친딸 같은 정을 느꼈단다. 일전에 너를 집으로 보내고 나서도 늘 보고 싶고 잊을 수 없었어. 그러니 네가 죽으러 가는 것을 그저 두고만 볼 수는 없구나. 잠깐만 기다리거라. 네 얼굴과 네 모습을 그림으로 그려 평생 그림으로라도 보고 싶구나."

부인은 급히 화공을 불렀어.

"여보시게, 정성을 다해서 지금 청이의 모습을 그대로 그려 주게."

화공이 부인의 말을 듣고 청이를 자세히 살펴보고는 금세 그림을 그려 냈어. 머릿결은 아름답게 빛나고, 얼굴에는 눈물 자국이 뚜렷하며, 고운 손발과 아름다운 모습이 청이와 똑같았지. 청이는 화공이 그린 그림을 끌어안고 슬피 우는 부인에게 마지막 인사를 올렸어.

그러고 나서 아버지께 마지막으로 절을 하려고 일어서는데, 심봉사는 이리 구르고 저리 구르며 안 된다고 소리쳤어.

"안 된다. 안 돼! 나를 두고는 못 간다. 갈 테면 나를 죽이고 가거라. 그냥은 못 간다. 차라리 날 데리고 가거라. 너 혼자는 못 간다."

"아버지, 저라고 부녀간의 인연을 끊고 싶겠어요? 차가운 바닷물에 뛰어들어 죽고 싶겠어요? 다 하늘이 정한 일이라 생각하시고 부디 마음을 편하게 가지세요. 저는 비록 죽더라도 아버지는 눈을 떠서 밝은 세상 보시고, 착한 사람 만나서 아들딸을 낳고 오래오래 사세요."

이 모습을 지켜보던 뱃사람들이 모두 다 눈물을 짓고는 저희끼리 의논을 했어.

"심 낭자의 효성과 심 봉사의 처지를 생각하니 안타깝기도 하고 부끄럽기도 하네. 하지만 이왕 이렇게 되었으니 물릴 수는 없고……. 봉사님이 굶주리지 않게 우리가 한 살림 꾸려 주면 어떻겠나?"

"그게 좋겠네. 그러면 우리 마음도 조금은 편할 거야."

뱃사람들은 자기들이 가진 쌀과 돈, 옷감을 모아 동네 사람들에게 맡겼어. 그러고는 심 봉사를 잘 돌봐 달라고 부탁했지.

"쌀 20석은 올해 양식으로 남겨 두고, 나머지는 빌려주어 달마
다 그 이자를 받으면 평생 먹고살 수 있을 것이오."

마침내 청이는 아버지께 절을 올린 뒤에 동네 사람들에게 아버
지를 부탁하고 떠나갔어. 심 봉사는 청이를 못 가게 말리다 끝내
쓰러져 버렸고.

청이가 비틀거리며 뱃사람들을 따라가는데, 낡은 치맛자락은
바닥에 끌리고, 흐트러진 머리카락은 눈물에 젖은 채로 헝클어져
늘어졌어. 어릴 때 젖 주던 아낙네들과 같이 놀던 동무들이 눈물
을 흘리며 청이를 배웅하는데, 청이 입에서는 저절로 슬픈 노래
가 흘러나왔지.

아무개네, 큰 아가!
작년 5월 단옷날에 그네 뛰고 놀던 일이 생각나느냐?
아무개네, 작은 아가!
올해 7월 칠석 밤에 함께 소원 빌자 했는데 이제는 할 수 없다.
이제 가면 언제나 다시 보랴?
너희는 부모 모시고 잘 있어라.
나는 오늘 우리 아버지 이별하고 죽으러 가는 길이로다.

중간 줄거리

청이는 인당수 제물이 되어 바다에 빠지지만 죽지 않고, 용궁에서 머물며 꿈에 그리던 어머니와도 만나 행복한 시간을 보낸다. 청이는 용궁에서 3년의 시간을 보내고 연꽃에 싸여 다시 세상으로 돌아오고 왕비의 자리에 오른다.

드디어 다시 만난 심 봉사와 청이

이때 청이는 여러 날 동안 맹인 잔치를 베풀고 아무리 기다려도 아버지가 오지 않으니 혼자 앉아 슬퍼했어.

"왜 아버지는 오지 않으시나? 부처님의 은혜로 감은 눈을 번쩍 뜨셔서 맹인 잔치에 안 오시나? 그렇다면 다행이지만, 혹시라도 늙고 병들어 못 오시는가? 나를 보내고 슬퍼하시다가 세상을 떠나셨나? 아버지, 불쌍한 우리 아버지!"

청이는 내내 아버지 걱정만 하다가 오늘이 잔치 마지막 날이라 잔치하는 데 가서 아버지를 직접 찾아보리라 마음먹었어.

잔치를 마칠 때쯤, 맹인들을 하나하나 불러 옷 한 벌씩을 내주었어. 모든 맹인이 옷을 받아 들고 돌아가는데, 맨 뒷자리에 맹인 하나가 우두커니 앉아 있는 거야. 청이는 사람을 보내 그 맹인의 이름을 물어보게 했어.

"자네는 어디서 온 누구인가?"

"저는 처자식도 없고, 집도 없는 불쌍한 맹인이오. 떠돌아다니며 지내다가 맹인 잔치 한다기에 왔습니다."

심 봉사는 어젯밤 꿈 때문에 혹시 좋지 않은 일이 생길까 봐 조심조심 대답했어. 청이가 심 봉사의 말을 전해 듣고는, 처자식이 없다는 말에 혹시나 싶어 그 맹인을 데려오라고 했어.

심 봉사는 꿈대로 되려나 보다 싶어 겁을 잔뜩 먹고 벌벌 떨면서 계단 아래에 무릎을 꿇고 앉았어. 청이는 늙은 맹인의 모습이 아버지와 닮은 듯해 가슴이 콩닥거리기 시작했지. 심 봉사가 고생을 많이 하고 너무 늙어 한눈에 알아보기 어려웠어. 그래서 청이는 아버지가 맞는지 확인해 보기 위해 물었지.

"어디 사는 봉사이며, 어찌하여 처자식도 없는가?"

심 봉사는 언제든지 처자식 말만 나오면 눈물이 비 오듯 쏟아졌어. 그래서 울먹이며 말했지.

"예, 예, 말씀 올리겠나이다. 제 고향은 황주 도화동이고, 이름은 심학규라고 하옵니다. 곽씨 집안에서 아내를 얻었다가 나이 스물이 되기도 전에 눈이 멀고 마흔에 아내가 죽었습니다. 곽씨 부인이 남기고 간 딸자식은 뱃사람들에게 쌀 300석에 몸이 팔려 인당수에 빠져 죽었습니다. 그런데도 아직 눈도 뜨지 못하고 자식만 잃었으니, 자식 팔아먹은 놈이 살아서 무엇 하겠습니까? 저의 죄를 제가 이미 아오니, 죽여 주옵소서."

청이는 딸이 쌀 300석에 몸을 팔아 인당수에 빠졌다는 이야기

를 듣고는 버선발로 달려가서 아버지의 목을 끌어안고 울었어.

"아이고, 아버지! 왜 여태 눈을 못 뜨셨나요? 뱃사람들이 살림을 모아 주고 동네 사람들에게 잘 돌봐 달라고 부탁했건만, 무슨 고생을 하시어 이렇게 늙으셨나요? 아이고, 아버지! 인당수에 빠져 죽었던 청이가 이렇게 살아 있어요! 아버지, 눈을 뜨고 저를 좀 보세요."

심 봉사가 이 말을 듣고는 깜짝 놀랐어.

"아니, 누가 나에게 아버지라고 하는고? 내 딸 청이는 인당수에 빠져 죽었는데, 어찌 살아 있단 말인가? 나한테 장난을 치는 것인가, 아니면 귀신이 되어 찾아온 것인가?"

"아버지, 제가 바로 청이에요. 제 효심이 모자라 제 몸만 살아나고 아버지는 눈을 못 떴나 봅니다. 제가 다시 죽어서 옥황상제께 빌어서라도 아버지 눈을 뜨게 하겠습니다. 아버지, 저를 좀 보세요!"

"아니 또 죽다니? 네가 사람이든 귀신이든 죽는다는 소리는 하지 마라. 네가 정말 내 딸 청이라면 나는 눈 못 떠도 괜찮다. 죽지 마라, 죽지만 마라. 내 딸 청아, 내 딸 청이가 맞느냐?"

세월이 3년이나 흘렀고 청이가 귀한 몸이 되었으니, 심 봉사가 청이의 얼굴을 만져 보아도 예전과는 달라서 딸인 줄을 알 수가 없었어. 심 봉사가 너무 답답해서 이렇게 소리 질렀지.

"청아! 살아 돌아온 우리 딸 청아! 얼굴이나 한번 보자꾸나!"

어찌나 반갑고 보고 싶던지 심 봉사는 감은 눈을 비비며 끔쩍

꿈쩍해 보았어. 답답하고 갑갑해 견딜 수가 없었지. 눈을 한번 떠 보려고 한참 동안 꿈쩍거려 보았는데, 그러던 중 갑자기 '투둑' 하고 딱지 떨어지는 소리가 나더니 두 눈이 활짝 떠진 거야.

심 봉사가 눈을 뜨고 처음으로 청이 얼굴을 보게 되었지. 심 봉사는 너무 좋아서 청이를 안고 덩실덩실 춤을 추었지.

얼씨구나 좋을씨구, 지화자 좋을씨구.
어두운 눈을 다시 뜨니 온 세상이 장관일세.
얼씨구나 좋을씨구, 지화자 좋을씨구.
이봐 사람들아, 아들 낳기 힘쓰지 말고 딸 낳기를 힘쓰시오.
죽은 딸 청이를 이제야 다시 보니 하늘에서 내려온 선녀로구나.
얼씨구나 좋을씨구, 지화자 좋을씨구.
딸 덕분에 어두운 눈을 뜨니 해와 달은 다시 밝아 더욱 좋네.
잘 키운 딸이 열 아들 안 부럽다는 말이 나를 두고 하는 말일세.
얼씨구나 좋을씨구, 지화자 좋을씨구.

심 봉사가 눈을 떠서 춤추고 노래하는 소리가 울려 퍼지자 나라 안의 맹인들도 그 소리를 듣고 한꺼번에 눈을 떴어. 맹인 잔치에 먼저 왔다 간 맹인들은 집에서 눈을 뜨고, 내려가던 길 위에서도 눈을 뜨고, 일어서다, 주저앉다가, 울다 웃

다가, 일하다가, 놀다가, 자다 깨서, 하품하다가, 기침하다가, 코 풀다가, 방귀 뀌다가 모두 눈을 떴지. 다만 뺑덕 어미를 데리고 도망친 황 봉사만 눈을 못 떴대.

심 왕비의 어진 덕으로 눈먼 사람들이 모두 세상 빛을 보게 되니, 너무 좋아서 너도나도 노래하며 춤을 췄어.

얼씨구나 절씨구. 지화자 좋을씨구.
감았던 눈을 뜨고 보니 온 세상 산과 강이 아름답네.
임금님 왕비님 계신 궁궐에 맹인 잔치 덕분일세.
얼씨구나 절씨구. 지화자 좋을씨구.

어진 심 왕비 만만세. 어진 임금도 만만세.
죽었던 딸 만난 심 봉사도 만만세로다.
얼씨구나 절씨구. 지화자 좋을씨구.
옛적 태평 시절에도 맹인 눈 떴다는 말을 못 들었네.
온 세상 봉사 눈 뜬 일은 오늘이 처음이네.

뒷부분 줄거리

　심 봉사는 부원군*에 봉해지고 심 봉사와 청이를 도왔던 사람들은 모두 상과 벼슬을 받았어. 온 나라에 노랫소리가 끊이지 않는 태평성대가 되었지. 심 봉사는 새로 맞이한 안씨 부인과 백년해로를 하고 임금과 왕비도 금슬 좋게 지내다가 같은 날 세상을 떠났어. 사람들은 임금과 왕비의 덕을 칭송했단다.

---

* 부원군: 조선 시대에, 왕비의 친아버지나 정일품 공신에게 주던 작호

토끼전

작자 미상(장재화 풀어 씀)

어떻게 읽을까?

① 자라가 토끼를 어떻게 설득하는지, 그리고 토끼가 용왕을 어떻게 설득하는지 살펴보세요.
② 토끼는 왜 위기에 처하게 되었을까요? 또 그 위기를 어떻게 극복했을까요? 이야기를 따라가
   며 이 작품이 주는 교훈이 무엇인지 생각해 보세요.

앞부분 줄거리

　바닷속을 다스리는 용왕이 병에 걸리자 도사가 나타나 육지에 있는 토끼의 간을 먹으면 낫는다고 일러 준다. 용왕은 수궁의 대신들을 모아 놓고 육지에 나가 토끼의 간을 구해 올 신하를 고르는데 별주부 자라가 자원한다. 자라는 토끼의 초상화를 가지고 육지로 향하고 산속에 도착한다.

수궁 가서 훈련대장 살자

　자라가 산속으로 한참을 들어가다가 한곳을 바라보니 절벽 바위틈에 어떤 짐승이 앉아 있다. 자라가 얼른 토끼 화상*을 꺼내 놓고 자세히 살펴본다. 토끼 보고 화상 보고, 화상 보고 또 토끼 본다. 분명 산속 토끼가 그림 속 토끼요, 그림 속 토끼가 산속 토끼다.

　"내 아까는 '토' 자를 '호' 자로 잘못 불러서 흉악한 호랑이를 만

· 화상: 사람의 얼굴을 그림으로 그린 것

68

나 큰 욕을 보았으니, 이번에는 좀 빠르게 불러 '토' 자로 부르
리라."

혼자 중얼거리며 몇 번을 연습한 뒤 토끼를 부른다.

"토 생원, 토 생원, 토 생원!"

토끼가 부르는 소리 듣고 깡짱 뛰어 내려오며 노래로 대답한다.

그 누가 날 찾나? 그 뉘라서 날 찾나?

수양산 백이숙제가 고사리 캐자고 날 찾나?

상산사호 네 노인이 바둑 두자고 날 찾나?

온갖 꽃 흐드러진 곳으로 꽃구경 가자고 성진 화상이 날 찾나?

위수 강태공이 낚시 가자고 날 찾는가?

적벽강 소자첨이 달구경 가자고 날 찾는가?

날 찾을 리 없건만, 그 누가 날 찾나? 그 뉘라서 날 찾는가?

요리조리 앙금앙금 깡짱깡짱 살랑살랑 팔짝 뛰어 내려오다 자
라와 딱 부딪친다.

"아야, 코야!"

자라가 코를 싸쥐며 비명을 지르니 토끼는 이마빡을 만지며 화
를 낸다.

"아야, 이마빡이야! 이분은 처음 보는 분 같은데 어찌 이마를
박소?"

자라가 아직도 정신을 차리지 못하고 있다가 토끼를 얼핏 보니

먼저 왔던 호랑이 모습이 닮았다.

'이크! 이것이 새끼 호랑이인가 보다.'

깜짝 놀라 목을 껍데기 속에 움츠리고 죽은 듯이 엎드린다.

"이상하구나. 이것이 무엇인고? 하느님이 눈 똥인가? 만일 하느님이 눈 똥 같으면 내가 먹으면 좋겠다. 그게 아니라면 요것, 방석이나 삼아야겠다."

토끼가 자라 등에 오똑 올라앉으니, 자라 네 다리와 목이 왈칵 나와 으물으물한다.

"이크! 그 누가 주머니에다가 구렁이를 담뿍 담아서 버렸구나. 이 일을 어찌할꼬?"

걱정이 늘어진 토끼를 등에다 싣고 자라가 몸을 들썩거리며 생각한다.

'이것이 토끼 같으면 간이 사발이나 들었겠다. 묵직하고 대단한데.'

자라가 소리친다.

"이분 그만하시고 내려오시오."

"방석도 말 하느냐? 못 내려가겠다."

자라가 다시 힘을 주어 몸을 들썩하니 토끼 때그르르 구르다가 깡짱 뛰어 일어난다.

"그분 몸집은 작아도 힘은 대단한데."

자라가 으쓱하며 묻는다.

"그대는 뉘라 하오?"

"나는 달나라에서 음양을 다스리며 사계절을 순조롭게 하고 그믐 초승 분별하던 예부 상서 토끼라 하오. 약초로 빚은 술에 취해 불로장생약을 잘못 짓고 옥황상제께 죄를 얻어 이곳으로 귀양을 왔지요. 달리 토 생원이라 하오."

"나는 수국 별주부 별나리라 하오. 이곳에 오니 경치가 몹시도 아름다운데, 인간 세상의 흥미는 어떤지 모르겠소. 잠깐 이야기해 주면 우리 수국 들어가서 자랑할 수 있겠소."

이 말을 들은 토끼가 어깨를 으쓱한다.

"이내 몸 한가하기가 세상에서 으뜸이지요. 인적 없는 녹수청산에서 해 질 무렵이면 잠시 잠깐 잠이 들었다가 동산에 달 떠오를 때 잠에서 깨어납니다. 임자 없는 산과일나무 열매를 아주 달게 먹고 나면 몸은 뜬구름 같이 일이 없다오. 이름난 산을 찾아 기엄기엄 기어올라 가만히 굽어보면 꽃 사이에 춤추는 나비는 어지럽게 날리는 눈이요, 버드나무 위에서 나는 꾀꼬리는 조각조각 금빛이지요. 모란, 작약, 영산홍과 왜철쭉, 진달래는 여기저기 피었는데, 태산에 올라 천하를 좁다고 한 공자의 큰 구경인들 이보다 더하겠소? 밤이면 달빛 더불어 놀고 낮이면 산속 두루 다니니 내가 바로 신선이지요. 적송자 안기생을 제자 삼아 두고, 이따금 심심하면 종아리 때려 가며 글 읽는 것으로 하루해를 보낸답니다."

"거참, 그럴듯하오."

"어디 그뿐이겠소? 사계절의 경치를 벗 삼아 지내는 이내 생활은 부러울 것 하나 없답니다. 정월, 2월, 3월 돌아와 봄바람 살랑 불면 온갖 꽃 흐드러지게 피어나고 꽃 속에 잠든 나비가 새소리에 놀라 잠에서 깨어난다오. 향기 좋는 범나비는 나를 보고 반기는 듯 너울너울 춤을 추고 온갖 새 날아들어 가는 곳마다 아름다운 소리로 내 귀를 즐겁게 해 주지요.

4월, 5월, 6월 돌아오면 떡갈나무, 능수버들, 포도, 다래 넝쿨 늘어지고 펑퍼져 골짜기마다 짙은 그늘 드리울 때, 맑은 시냇물에서 발을 씻고 돌아서면, 이 늙은이의 마음까지 맑고 깨끗해진답니다.

7월, 8월, 9월 돌아오면 가을바람은 쓸쓸히 부는데, 온 산봉우리와 골짜기에는 울긋불긋 단풍이 든답니다. '서리 맞은 단풍잎이 2월의 꽃보다 더 붉다.'는 말이 바로 이 단풍을 두고 노래한 것이지요. 황혼 무렵 동쪽 봉우리에 밝은 달 떠오르면 세상이 맑고 깨끗해진다오. 임자 없는 산과일을 수도 없이 주워 먹고, 먼 산 굽은 길로 흐늘흐늘 돌아오니 백만장자라 한들 이보다 더 여유가 있겠소?

동지섣달 돌아오면 잎 진 나무 쓸쓸하고 흰 눈은 휘날려 기암괴석 밝은 기운 백옥으로 단장을 하지요. 만 길 낭떠러지 떨어지는 폭포 수정같이 걸려 있을 때 돌문 굳게 닫고 한가히 앉았으니, 생활이 참 넉넉하답니다. 쌓아 둔 음식 실컷 먹고 창문 열고 구름 비낀 달빛을 구경하니 사계절의 경치가 이보다 더 나을 데가 어디 있겠소?"

토끼의 말에 장단을 맞추며 분위기를 돋우던 자라가 슬그머니 말머리를 돌린다.

"그대가 말은 그럴듯하게 잘 꾸며 하나, 내가 보기에는 꼭 그런 것도 아닌 것 같소."

"아니라니?"

"내가 알기로, 세상살이에는 팔난이 있다 하더이다."

"팔난이라는 것이 도대체 무엇이오?"

"내 이를 테니 한번 들어 보시오. 봄가을이 다 지나고 찬 바람 불어 산과 계곡에 눈 쌓이면 앵무 원앙 끊어지고 풀과 나무 쓰러질 터인데, 그대 신세 과연 어떻게 되겠소? 먹을 열매 전혀 없어 고픈 배 틀어쥐고 발바닥만 핥을 때, 어둑한 바위틈에 던져진 듯 홀로 앉은 그 모습이 서글프지 않소? 엄동설한 다 보내고 춘삼월 돌아오면 주린 배를 채울 수 있다 하지만, 먹이 찾아다니다가 목타래에 떨꺽 치면 토끼 그대 신세가 어떻게 되겠소? 죽지 않으려고 발버둥을 치다가 가슴에 불이 붙어 오장이 다 녹을 텐데, 어느 경황에 경치 구경 한단 말이오? 이게 팔난 중 하나가 아니겠소?"

"그러기에 수상한 데로는 다니지 않소."

"그러면 그대가 다니는 길을 말해 보시오."

"높은 봉우리로만 찾아다니지요."

"그리 가면 죽을 일 없소?"

"거기야 무슨 일이 있겠소?"

"없는가 들어 보시오. 산꼭대기에는 매를 날리는 수할치*가 숨어 있고 산허리에는 몰이꾼과 사냥개가 숨어 있을 테지요. 그대가 나타나기만 하면 수할치가 먼저 보고 사나운 매를 날릴 것입니다. 해동청 보라매 왕방울을 떨렁떨렁 떨치면서 두 날갯죽지 빨리 움직여 수루수루 달려들어 토 생원의 양 귀 밑을 당그랗게 추켜들고 머리통을 그저 콱콱."

"에, 에, 그분 초면에 말 한번 독하게 하오. 그러기에 누가 꼭대기로 다닌다 합니까? 중간 기슭으로 살살 다니지요."

"중간으로 다니면 아무 일 없소?"

"거기야 무슨 일이 있겠소?"

"잘 들어 보시오. 그대가 산허리를 감아 돌 때 총 잘 쏘는 포수들이 가만두지 않을 것이오. 그대 모습 얼른 보고 화승총에 불을 댕기며 그대 가슴 겨눈 다음, 한쪽 눈 질끈 감고 방아쇠를 당기면 그저 탕!"

토끼가 이 말 듣고 떼굴떼굴 뒹굴다가 겨우 정신을 차린다.

"애고 죽겠다. 아니 여보시오, 어찌 말씀을 그리 몰강스럽게**
하오? 총하고 나하고는 천하에 둘도 없는 원수요."

"어째서 그렇다는 말이오?"

"우리 조부께서 '탕' 하더니 한 번 가 소식 없고, 부친께서도 '탕' 하더니 갑자기 보이지 않고, 맏형마저 '탕' 하더니 석양 무

---

* 수할치: 매를 부리면시 매사냥을 지휘하는 사람
** 몰강스럽다: 인정이 없이 억세며 성질이 악착같고 모질다.

렵 바람에 날려 갔소. 그러기에 총하고 나하고는 같은 하늘 아래 살 수 없소. 나 듣기 싫은 소리 제발 하지 마시오."

별주부가 껄껄 웃는다.

"강산 풍경 다 차지하고 세상 걱정 없다던 형이 입으로 하는 총소리에 그토록 놀라십니까?"

토끼 가슴 아직까지 벌떡거린다.

"그러기에 나는 산으로 아니 다니고 훨쩍 너른 들로 다니지요."

"들로 가면 죽을 일 없소?"

"아무 일도 없고 태태평이지요."

"없는가 들어 보오. 풀 베던 목동은 자루 긴 낫을 들고, 밭 갈던 농부는 말뚝을 질질 끌고 달려들어 이리 두두 저리 두두 쫓아올 때 사냥개도 살판이 났지요. 그뿐이겠소? 사면에 둘러친 것은 토끼 걸릴 그물 아니고 무엇이겠소. 오도 가도 못할 적에 나무꾼들이 들이닥쳐 소리치기를, '하늘에서 내려오거나 땅에서 솟아 나오거나, 앞에서 오거나 뒤에서 오거나 모두 내 그물에 걸리리라. 토끼 너 어디로 달아날꼬?' 하며 작대기로 그저 꽝꽝 두드릴 때 어디로 도망을 갈 수 있겠소. 마른 장작과 떨어진 나뭇잎을 수북하게 모아 놓고 와락와락 불을 지르면 불꽃이 하늘을 찌를 테지요. 그 불에 토 생원을 바싹 구워 발목 하나씩 나누고 허리 갈비 또 나누며, 모가지며 대가리는 이빨 좋은 놈이 뺏어 들고, 그저 앗싹앗싹!"

"에에, 징그러운지고. 그 소리를 들으니 정신이 아찔하고 사지가 불안한 것이 내 필경 병이 나겠소. 과연 인간 세상에서 죽을 욕을 종종 봅네. 그 때문에 내 곱게 늙지는 못합니다. 수국은 어떠하오? 수국 흥미 들어 봅시다."

자라가 어깨를 으쓱하더니 수국 자랑을 늘어지게 풀어 놓는다.

"하늘과 땅 사이에 바다가 가장 큰데, 그 바다 속에는 수궁이 있다오. 영덕전 높은 집이 구름 안개 사이에 솟았는데, 용의 뼈를 걸어 대들보 삼고, 준치 비늘로 기와 만들어 지은 집이랍니다. 흰 옥으로 문을 달고, 유리로 기둥을 만들었으며, 호박으로 주춧돌을 놓았지요. 진주로 성을 쌓고, 야광주로 불을 밝혀 놓으니 해와 달의 빛을 빼앗을 지경이랍니다. 우리 용왕 즉위하시어 어진 정치 베푸시니, 맛난 술과 안주 싫도록 먹을 수 있지요. 조정의 모든 신하 모인 가운데 덩더쿵 풍악을 울리고 팔선녀 춤을 추니 걸음마다 연꽃 되고 침 뱉으면 구슬 된답니다. 기이한 꽃과 풀은 떨기떨기 비와 이슬 속에 넘노는데, 맑은 바람에 배 띄우던 소자첨과 달구경 흠뻑 빠진 이태백이 그 경치를 알았다면 벌써 들어왔을 것이요. 신선 구하던 진시황과 한 무제도 이 세상에 그냥 있지는 않았을 것입니다."

"수국 풍류가 그렇게 좋단 말이오?"

"이르다 뿐입니까? 내 말솜씨가 부족한 것이 안타까울 따름입니다."

토끼가 눈을 크게 뜨고 귀를 쫑긋 세우니 자라가 은근하게 말한다.

"진실로 토 생원께서도 이 험한 세상에 있지 말고 나를 따라 수 국에 갑시다. 그대 같은 준수한 남자를 우리 용왕께서 아시면 해를 타고 올라와서 부르시어 당장에 훈련대장 제수하실* 것입 니다. 말만 한 황금 도장을 허리 아래 비껴 차고, 높은 자리 올 라앉아 백관을 지휘할 때 '이리할 일 이리하고, 저리할 일 저리 하라.' 호령 한번 내리면 누가 감히 거역하겠소? 나랏일 마친 후에 별당으로 돌아오면 차 달이는 옥동자와 촛대 잡은 선녀들 이 수놓은 비단으로 몸을 싸고 주옥으로 단장하여 그대만 기다 리고 있을 텐데 이보다 좋은 곳이 수국 말고 또 어디 있겠소?"

토끼는 자라의 말을 들을수록 마음이 솔깃해진다.

"그곳에 들어가면 벼슬도 할 수 있단 말이지요?"

"그대같이 재주 있는 사람은 벼슬이 사닥다리 올라가듯 할 테 지요."

"팔선녀와 더불어 놀 수도 있소?"

"그야 마음먹은 대로 할 수 있지요."

"그러면, 달빛 기울어 가는 삼경**에 아리따운 여인의 손을 잡 고 두 몸이 한 몸 되어 운우의 정을 나눌 수도 있단 말이오?"

"그대같이 잘생긴 인물이 수국에 들어가면 아리따운 여인들이 청개구리 뒤에 실뱀 따라다니듯 할 것이오."

"수국에는 나와 같은 인물이 없다는 말이오?"

* 제수하다: 추천의 절차를 밟지 않고 임금이 직접 벼슬을 내리다.
** 삼경: 하룻밤을 오경으로 나눈 셋째 부분. 밤 11시에서 새벽 1시 사이이다.

"없지요. 우리 수국에 수달이라 하는 것이 있는데, 수궁의 미녀들만 보면 덤벙거리더니 지금은 기운이 다해 죽을 지경이 되었소."

토끼가 이제는 침을 꼴깍 삼킨다.

"만일 들어갔다가 벼슬도 못 하고 또 아리따운 여인들도 만나지 못하면 형이 어찌하시려오?"

"나처럼 볼품없는 인물로도 높은 벼슬에 올라 봄바람 불고 가을 달 비칠 때면 아름다운 여인들과 흥미롭게 지내는데, 형같이 당당한 풍채로서야 땅 짚고 헤엄치기는 오히려 손바닥이나 아프지요."

토끼 눈을 말똥말똥 주둥이를 날름날름하면서도 고개를 갸웃거린다.

"예로부터 수국은 우리 같은 짐승들이 오고 가지 못한다고 들었소. 가고 싶은 생각이야 간절하지만 갈 수 없는 것을 어찌하겠소."

"그것일랑 조금도 걱정하지 마시오. 내 등에 업히면 천 리 만 리 먼먼 길과 파도치는 바다라도 평지 삼아 갈 수 있소."

"말씀이 그럴듯하나, 생각해 보니 갈 마음이 전혀 없소."

별주부 얼굴색을 고쳐 말한다.

"정 위태하거든 미리 그만두는 것이 좋은 일이겠소만, 참 안타까운 노릇이오. 토 생원의 빼어난 인물, 티끌 많은 세상에 태어나서 항상 생사를 넘나드니 그게 참으로 안타깝소. 그럼, 잘 계시오."

별주부가 뒤도 돌아보지 않고 앙금앙금 기어 산을 내려간다. 토끼가 내려가는 자라를 한참 동안 바라보다가 갑자기 소리를 질러 부른다.

"아니, 어디를 그리 급히 가시오?"

"호랑이를 찾아가오."

"무슨 일로 찾아가오?"

"수국에서 들으니 호랑이는 모든 짐승의 우두머리라 합디다. 그 말대로라면 그대보다 소견이 넉넉할 듯하여 보러 가오."

"우리 호랑이 삼촌께서는 모든 일을 다 내게 와 의논합니다. 그러니 만나 봐도 쓸데없을 것이오. 게다가 지금은 멀리 나들이를 갔으니 만날 수도 없소. 잠시 화를 참으시고 이리 와 보시오.”

별주부가 두세 번 사양하다가 마지못하는 체하고 나아가니, 토끼가 웃으며 은근하게 말한다.

“형의 마음이 이렇게 결백하시니 설마 속이기야 하겠습니까. 다만 낯선 곳을 가려니까 의심이 나서 그랬소. 믿지 못한 것이 미안하오만 같이 수국에 갈 수 있도록 해 주시오.”

별주부 마음에 기쁘나 다시 한 번 몸을 돌린다.

“의심이 정 남아 있거든 진작 그만두시오. 다른 데 가서 알아보겠소.”

“이제는 진정으로 의심하지 않고 함께 가겠소.”

중간 줄거리

토끼는 별주부 자라의 꼬임에 넘어가 함께 수국으로 향한다.

내 배를 갈라 보시오

자라가 토끼를 등에 업고, 서산에 해 떨어지듯 푸른 물결 위로

둥둥 떠간다. 돛대 없는 당도리선*같이 혹 보였다 혹 잠겼다 하며 바닷속으로 들어가니 토끼가 숨이 막혀 고함을 지른다.

"애고 죽겠다. 숨 막힌다, 놓아 다오. 귀에 물소리 앵앵한다, 놓아 다오."

"어허 이놈, 아가리 벌리지 마라. 짠 바닷물 들어가면 간 녹는다. 이놈아, 이제 할 수 없으니 내 등에 업혀서 이곳저곳 구경이나 착실히 해라."

물소리에 간장이 녹는 듯하나 이제는 어쩔 도리가 없다. 토끼는 자라 등에 바짝 매달려 정신을 잃지 않으려고 무진 애를 쓴다. 이윽고 물소리 그치고 사면이 고요하다.

"자, 이제 다 왔소. 내리시오."

"주부의 말 중에 내리란 말이 가장 듣기 좋소."

토끼가 얼른 내려 주위를 둘러본다. 귀신 얼굴을 한 물고기들이 큰 문을 지키고 서 있는데, 문 위에는 순금으로 쓴 '남해 영덕전 수정문'이라는 현판이 달려 있다.

토끼가 황홀한 마음을 이기지 못하고 별주부에게 칭찬을 늘어놓는다.

"형의 말씀이 진실로 거짓이 아니라는 것을 이제 알겠소. 우리 인간 세상에 이러한 곳이 흰쌀에 뉘**만큼만 있다 해도 이렇게 힘든 걸음을 하지는 않았을 것이오. 그동안 여러 해 고생하다

---

* 당도리선: 바다로 다니는 큰 목조선
** 뉘: 껍질을 벗긴 쌀 속에 겉껍질이 벗겨지지 않은 채로 섞인 벼 알갱이

가 이렇게 선경*을 보니 '괴로움이 다하면 즐거움이 찾아온다.'는 말을 이제야 비로소 알 듯하오. 기쁜 마음 한량없지만 이제는 잘살고 못사는 일이 형에게 달렸으니 좋은 데로 천거해** 주시오."

별주부가 속으로는 비웃으면서도 겉으로는 내색하지 않는다. 문밖에 토끼를 기다리게 하고 대궐로 들어가 토끼 잡아 온 사연을 낱낱이 아뢰니 용왕이 기쁨을 이기지 못한다.

"그래, 험한 세상에 무사히 다녀왔으며 노독***이 심하지는 않은가?"

용왕이 별주부를 위로한 뒤 바삐 토끼를 잡아들이라 한다. 이때 토끼는 마음이 불안하여 귀를 기울이고 궁궐 소식을 엿듣고 있는데, 갑자기 '잡아들이라'는 고함 소리가 크게 들린다. 토끼가 더럭 의심이 들어 급히 궁문 뒤 물풀 사이로 숨는다.

별주부가 군사를 거느리고 나와 보니 토끼가 없다. 잠시 주변을 둘러보다 큰 소리로 토끼를 부른다.

"토 생원은 어디 계시오? 여기서 '잡아들이라'는 말은 인간 세상의 '모셔 들이라'는 말과 같소이다."

토끼는 의심이 가시지 않아 성큼 나서지 못한다. 하지만 별주부는 이미 토끼의 얕은꾀를 아는지라 무사를 시켜 다시 한 번 소

* 선경: 경치가 신비스럽고 그윽한 곳을 비유적으로 이르는 말
** 천거하다: 어떤 일을 맡아 할 수 있는 사람을 그 자리에 쓰도록 소개하거나 추천하다.
*** 노독: 먼 길에 지치고 시달려서 생긴 피로나 병

리치게 한다.

"새로 훈련대장 제수받으신 토 생원은 어디 계십니까?"

토끼가 그 말을 반겨 듣고 얼른 모습을 드러낸다. 수국 군사들은 토끼 모습을 보자마자 달려들어 네 발을 꽁꽁 묶는다.

"아니, 훈련대장 제수하신다더니 이게 무슨 짓이오?"

"본래 그러하오."

"우리 인간 세상에서는 벼슬아치들이 입궐할 때 그 지위에 따라 백마를 타거나 수레를 타거나 하다못해 바싹 마른 당나귀라도 타고 들어가는데, 이렇게 묶는 것은 무슨 까닭이오?"

"이보시오. 토 생원이 뭘 모르십니다. 예의 법도란 것이 읍마다 각기 다르고 동마다 각기 다른 것인데, 인간 세상과 수국의 법도가 어찌 같을 수 있단 말이오. 우리 수국에서는 꽁꽁 묶으면 묶을수록 벼슬이 더 높아 간다오."

토끼가 눈을 깜빡거리며 생각에 잠긴다.

'제기, 벼슬을 두 번만 더 하다가는 목숨이 끊어지겠구나. 그러나 이왕 벼슬할 테면 더 높은 벼슬이 좋겠지.'

토끼가 몸을 삐끗 돌린다.

"이보시오. 이쪽이 허술하게 묶인 듯하니 단단하게 동여매 주시오."

"예, 그러지요."

군사들이 달려들어 토끼를 더 꽁꽁 묶어서는 영덕전 그 너른 마당에다가 서너너덧 바퀴를 돌려 내동댕이쳐 내려놓는다. 토끼

가 눈을 깜짝깜짝, 좌우를 살펴보니 온갖 물고기들이 겹겹이 둘러싸고 있다.

'이놈들이 다 수국의 신하들이란 말인가? 만만찮겠는걸.'

토끼가 눈만 말똥말똥 뜨고 늘어선 물고기들을 바라보고 있을 때, 용왕도 토끼를 요리조리 살핀다.

한데, 토끼를 보던 용왕이,

"어, 그놈 배 속에 간 많이 들었겠다. 토끼 배 따고 간 내어 소금 찍어 올려라."

이렇게 분부를 했으면 아무 탈이 없었을 것인데, 토끼가 타국에서 온 귀한 짐승이라고 말을 시켜 본 것이 탈이다.

"토끼 너 듣거라. 내 우연히 병을 얻어 어떤 약도 소용이 없게 되었느니라. 마침 하늘로부터 도사가 내려와서 진맥하고 하는 말이 '살아 있는 토끼의 간을 구하여 먹으면 금방 나으리라.' 하기에 어진 신하를 세상에 보내어 너를 잡아 왔느니라. 죽는다고 한탄하지 말아라. 네가 죄 없는 줄이야 알지만 과인의 한 몸이 너와 달라, 만일 내가 불행해지면 한 나라의 백성과 신하들을 보존하기 어려운 줄 넌들 설마 모르겠느냐. 너 죽고 과인이 살아나면, 수국의 모든 백성 다 살리는 것이니 네가 바로 일등 충신이로다. 너 죽은 후에 네 몸 곱게 묻고 나무 비석이라도 만들어서 세울 것이니라. 또 설, 한식, 단오, 추석 제사를 착실히 지내 줄 것이니 죽는 것을 조금도 한탄하지 마라. 할 말이 있거든 하고 그냥 죽어라."

토끼가 그제야 별주부에게 속은 줄을 알고 가슴을 친다. 하지만 지금은 어쩔 도리가 없다. 토끼가 잠시 눈을 깜짝깜짝 하더니 얼른 한 꾀를 생각하고 배를 앞으로 쫙 내민다.

"자, 내 배 따 보시오."

용왕이 덜컥 의심이 난다.

'저놈이 죽지 않으려고 온갖 변명을 늘어놓을 터인데, 배를 의심 없이 내미는구나. 무슨 까닭이 있는가 보다.'

용왕이 궁금함을 이기지 못해 묻는다.

"무슨 까닭인지 말이나 하고 죽어라."

"말할 것도 없소. 소토의 배나 쫙 따 보시오."

"어따, 이놈아. 말을 해라."

"말해도 곧이듣지 않을 터이니, 어서 따 보란 말이오."

"이놈이! 어서 말을 하래도!"

"말을 하라니 하오리다. 말을 하라니 하오리다. 전하 하교 이렇듯 감사하오니, 신이 100번 죽는다 해도 오히려 영광이옵니다. 전하의 옥체가 낫기만 한다면 이 한 몸 무엇이 아깝겠습니까만, 다만 그렇지 아니한 사연이 있사오니 그게 원통할 따름입니다. 통촉하옵소서."

"그 사연이라는 게 도대체 무엇이란 말이냐?"

"소토의 배를 갈라 간이 들었으면 좋겠지만, 만일 간이 없으면 불쌍한 소토의 목숨만 끊을 것입니다. 소토가 죽고 나면 누구에게 간을 달라고 하며, 어찌 다시 구할 수 있겠습니까?"

"이놈, 네 말이 간사한 말이로다. 의서에 이르기를 비장에 병이 들면 입으로 음식을 먹지 못하고, 쓸개에 병이 들면 입으로 말을 하지 못한다 했다. 또 콩팥에 병이 들면 귀로 듣지 못하고, 간에 병이 들면 눈으로 보지 못한다고도 했느니라. 당치 않은 소리 하지 마라. 간이 없고서야 어찌 눈을 들어 만물을 볼 수 있더란 말이냐?"

토끼가 더 당돌하게 말한다.

"소토의 간은 달의 정기를 받아 만들어진 것이라, 보름이면 간을 꺼냈다가 그믐이면 다시 넣습니다. 간을 꺼낼 때마다 세상의 병든 사람들이 간을 달라고 보채기로, 꺼낸 간을 파초 잎에

다 꼭꼭 싸서 칡넝쿨로 칭칭 동여, 영주산 바위 위 계수나무 늘어진 가지 끝에다 매달아 두는 것이옵니다. 이번에도 간을 꺼내 나무에 달아 놓고 계곡 사이를 흐르는 맑은 물에 발 씻으러 내려왔다가 우연히 주부를 만나 수국 흥미가 좋다고 하기로 구경차로 왔나이다."

여기까지 말하던 토끼가 갑자기 자라를 노려본다.

"원통하다 별주부야, 미련하다 별주부야, 대왕께서 병들었다는 사실을 속이고 그저 달콤한 말로 나를 유혹하기만 했구나. 신하된 도리로 어찌 그럴 수 있단 말이냐?"

다시 고개를 돌려 용왕을 바라본다.

"소토가 별주부를 만났을 때는 보름이 갓 지났을 때였습니다. 갈 길이 급하다고 별주부가 보채기에 이전에 꺼내 둔 간을 미처 가져오지 못하였사옵니다. 며칠 말미를 주면 인간 세상 간 둔 곳을 찾아가서 저의 간뿐 아니라, 친구들 간까지 널리 구해 오겠사옵니다."

용왕이 크게 꾸짖는다.

"이놈, 네 말이 당찮은 말이로다. 사람이나 짐승이나 한 몸에 든 내장은 다를 바가 없는 것이다. 어찌 간을 내고 들이고 마음대로 한단 말이냐? 내 당초에 듣기 좋은 말로 너를 타일렀건만, 너같이 미천한 것이 요망한 말로 나를 속이니 이제는 죽어도 공이 없으리라."

무사에게 호령하여 궁문 밖에 잡아내어 신속히 배를 가르라 엄하게 분부를 한다. 토끼 얼굴빛을 바꾸지 아니하고 히히히히 웃으면서 더 당당하게 말한다.

"대왕께서는 하나만 알고 둘은 모르시옵니다. 복희씨*는 어찌하여 뱀의 몸에 사람 얼굴이며, 신농씨**는 어찌하여 사람 몸에 소 얼굴이옵니까? 대왕의 꼬리가 저렇게 길고 소토 꼬리가 이렇게 묘똑한 것은 무슨 까닭이옵니까? 대왕의 몸뚱이는 비늘이 번쩍번쩍하고, 소토의 몸뚱이는 털이 요리 송살송살한 것은 또 무슨 까닭이옵니까? 까마귀로 말해도 오전 까마귀 쓸개 있고, 오후 까마귀 쓸개 없다 했사옵니다. 그런데도 인간이나 날짐승 길짐승 또 물고기들이 다 한가지라고 뻑뻑 우기시니 답답할 따름이옵니다."

"그러하면 네 몸에 간을 내고 들이고 하는 표가 있으냐?"

"있습지요."

"어디 보자."

"자, 보시오."

용왕이 들여다보니 빨간 구멍 세 개가 늘어서 있다.

"저 구멍이 모두 무엇 하는데 쓰이는 것이냐?"

"한 구멍으로는 대변을 보고, 또 한 구멍으로는 소변을 보며, 또 한 구멍으로는 간을 통째로 내고 들이고 하나이다."

"그러면 간은 어떻게 내고 들이고 한단 말이냐?"

• 복희씨: 중국 고대 전설상의 제왕. 그물을 발명하고 고기잡이를 가르쳤다고 한다.
•• 신농씨: 중국 고대 전설상의 제왕. 주로 농업의 신으로 여겨진다.

토끼가 그제야 큰 숨을 쉰다.

"낼 때는 밑구멍으로 내고 넣을 때는 입으로 넣사옵니다. 천지의 기운을 따라 내고 들이고 하기 때문에 해와 달의 기운이 섞이고 아침 안개 저녁 이슬이 함께 녹아드는 것이옵니다. 소토의 간이 산삼보다 낫고 우황보다도 낫다고 하는 것이 바로 이 때문이옵니다."

"그러면 세상에서 네 간으로 효험 본 이가 더러 있느냐?"

"있다 뿐이겠습니까? 소토 부친이 경치 구경을 좋아하여 이 산 저 산 거침없이 다녔는데, 좁은 벼랑 앙금앙금 돌아들다 발을 헛디뎌 물에 풍덩 빠져 거의 죽게 된 일이 있었사옵니다. 이때 동방삭*이 신선 찾아 놀러 왔다가 소토의 부친을 덤벙 건져 살아났지요. 그 은혜에 감격하여 간을 세 조각 내어 주었더니 동방삭이 받아먹고 삼천갑자**를 살 수 있었사옵니다. 또, 소토 조부께서 간을 내어 달빛을 쏘인 뒤 맑은 물에 담가 놓고 헐렁헐렁 씻을 때였습니다. 가난하게 80을 산 강태공이 그 물빛을 짐작하고 잔을 얼른 끌러 그 물을 덤벙 들입 떠서 세 모금을 마신 뒤로 부귀영화를 누리며 80을 더 산 일도 있다 하옵니다.

그러한 소문이 널리 퍼져 남녀노소 상하 없이 소토를 찾아와서, '늙고 병드신 부모님 살리게 간 조금만 빌려주소, 혼자 살아가는 가장 살리게 간 조금만 빌려주소, 삼대독자 외아들이 거의 죽게 되었으니 간 조금만 파시옵소서.' 하며 비는 소리가 끊이질 않았사옵니다. 이 소리가 옥황상제의 귀에까지 들어가니 상제께서는 '너는 어찌 간 하나를 가지고 거둬들일 목숨을 똑똑 살려 하늘의 이치를 어기느냐? 요망하다.' 하고 꾸짖으시기에 이후로는 간을 주지 않았사옵니다. 하오나 대왕께옵서는 남해궁을 다스리는 분이시고 백성들의 생사를 쥐고 있는 분이시라 간을 드리지 않을 수 없을 것이옵니다. 대왕께서 소토 간을 잡수시기만 하신다면 병들지 않고 늙지도 않고 오래오래 사실 것이옵니다. 게다가 정력에는 더할 나위 없이 좋사옵니다."
용왕은 병 없이 오래 산다는 말보다 정력에 좋다는 말이 더 귀

---

* 동방삭: 중국 전한 시대의 문인. 선녀 서왕모의 복숭아를 훔쳐 먹어 장수하였다는 전설이 있다.
** 삼천갑자: 60갑자의 3,000배. 곧 18만 년을 뜻한다.

에 솔깃하다.

"그러면 간을 어디다 두었느냐?"

"예, 간 둔 곳을 말씀드리겠사옵니다. 인간 세상으로 깊이 들어가면 영주산이라는 산이 있고, 그 산꼭대기에는 1,000년 묵은 소나무가 있사옵니다. 그 소나무 늘어진 가지 하나, 둘, 셋째 가지 끝에다 매달아 놓았사옵니다. 칡 잎으로 약봉지 싸듯 꽁꽁 싸서 매달아 놓고 왔으니 옥황상제나 떼어 가지, 다른 어떤 사람도 손을 대지 못할 것이옵니다."

왕이 좌우의 여러 신하를 돌아보며 말한다.

"배를 갈라 간이 있으면 좋거니와 만약 없으면 공연히 불쌍한 목숨만 끊고 간을 구하지 못할 것이니, 토끼를 살려 주는 것이 어떻겠소?"

여러 신하가 함께 머리를 조아린다.

"전하 하교 마땅하여이다."

이때 금붕어가 앞으로 나와 조심스럽게 아뢴다.

"전하, 세상의 일이란 것은 예측을 할 수가 없사옵니다. 그러하니 토끼에게 간 둔 곳을 물어보아 별주부만 보내어 찾아오게 하는 것이 마땅할 듯하옵니다."

토끼가 금붕어를 바라보며 빙그레 웃는다.

"그 말이 그럴듯하오만, 소신이 어찌 조금이라도 속이겠사옵니까? 소토도 먼먼 길 두 번 다시 오고 가기 싫사옵니다. 주부만 보내고 그사이 노독이라도 풀 수 있다면 좋겠사옵니다. 하오나 인간 세상은 수국과 달라 산천이 험악하고 초목이 무성하여 늘 다니는 소토라도 오히려 동서남북을 분별치 못할 때가 많사옵니다. 주부에게 간 둔 곳을 말한들 어디를 가서 찾을 수 있겠사옵니까? 익숙지 못한 길 두루 다니다가 목숨을 보전하기 어려울까 그것이 염려되옵니다. 인간 산천의 길이 얼마나 험악한지는 주부에게 물어보소서."

용왕이 토끼의 말을 옳게 여겨 묶은 것을 풀고 윗자리에 오르게 하니 별주부가 울면서 만류를 한다.

"토끼란 놈이 본시 간사하옵니다. 배 속에 달린 간을 꺼내지 않고 도로 보내면 초목금수*라도 비웃을 것입니다. 일곱 번 풀어 준 맹획을 다시 일곱 번 잡아들인 제갈량의 재주가 아닐진대, 한번 놓아서 보낸 토끼를 어찌 다시 구하리까? 당장 배를 따 보시옵소서. 만일 간이 없다면 소신을 능지처참하고** 또 소신의 가족까지 다 죽인다 하더라도 여한이 없사옵니다. 소신의 말 들으시고 당장에 배를 따 보시옵소서."

토끼가 들으니 기가 막힌다.

"이놈 별주부야, 얘 이놈 별주부야. 네가 나와 무슨 원수진 일이 있길래 그다지 모진 말을 하느냐? 내 배를 갈라 간이 들었으면 좋겠지만, 만일 간이 없다면 100년을 더 살 너의 용왕, 하

---

* 초목금수: 풀과 나무와 날짐승과 길짐승을 아울러 이르는 말. 온갖 생물을 이른다.
** 능지처참하다: 죄인을 죽인 뒤 시신의 머리, 몸, 팔, 다리를 토막 쳐서 각지에 돌려 보이다. 대역죄를 범한 자에게 과한다.

루도 살기 어려울 것이다. 나 또한 너의 나라 원귀가 되어 조정의 모든 신하를 한날한시에 모두 몰살할 것이다. 아나, 옜다. 배 갈라라. 아나, 옜다, 배 갈라라. 똥밖에 든 것이 없다. 내 배를 갈라 너 보아라.”

토끼가 이렇게 악을 바락바락 쓰니 용왕도 신하들에게 더 이상 다른 말을 하지 못하게 한다.

“다들 그만두시오. 이제부터 다시 토공을 해치는 말을 하는 자가 있으면 그물이 쳐진 곳으로 유배를 보낼 것이오!”

뒷부분 줄거리

용왕은 토끼에게 육지로 가서 간을 가져올 것을 명한다. 별주부와 함께 육지에 온 토끼는 별주부에게 욕을 하고 도망가 버린다. 별주부는 수궁으로 돌아가지 못하고 대나무 숲에 들어가 숨어 살다가 스스로 목숨을 끊는다. 토끼가 간을 가져올 것을 기다리던 용왕은 결국 세자에게 왕위를 물려주고 세상을 떠나고 이후 새로운 왕이 수국을 다스린다.

8

춘향전

작자 미상(임정아 풀어 씀)

어떻게 읽을까?

① 춘향이 목숨을 걸고 지키고자 한 것이 무엇인지 생각해 보세요.
② 작품 속에서 말장난이나 익살스러운 표현을 찾아보고 그것들이 어떤 역할을 하는지 생각해
   보세요.
③ 변 사또를 비롯한 관리들이 어떤 태도를 보이는지 살펴보세요.

앞부분 줄거리

조선 시대 전라도 남원 땅에 월매라는 기생이 살고 있었다. 월매는 한양에서 온 성 참판의 첩이 되었다. 나이가 들도록 자식이 없었던 부부는 정성으로 기도하였고, 월매가 신비로운 꿈을 꾸고 열 달 뒤에 귀한 딸을 낳는다. 춘향이라 이름 지은 아이는 성품이 어질고 품행이 단정하여 모든 사람들의 칭찬을 들으며 자라난다.

춘향이 열여섯 살이 되던 해 단옷날, 남원 사또의 아들 이몽룡이 광한루에서 그네를 타고 있던 춘향을 본다. 두 사람은 사랑에 빠지고 마침내 백년가약을 맺는다. 하지만 이 사실을 알게 된 이몽룡의 집안에서는 신분 차이로 인해 춘향을 반대한다. 게다가 얼마 뒤 이 도령의 아버지가 다시 한양으로 가게 되면서 둘은 이별하게 된다. 이 도령은 춘향에게 과거에 장원 급제하여 춘향을 데리러 오겠노라고 약속한다.

가시거든 잊지 말고 편지나 종종 주옵소서

......

96

이 도령 말을 타고 떠나가니 춘향이 기가 막혀 하는 말이,

"우리 도련님 가네 가네 하여도 거짓말로 알았더니, 말 타고 돌아서니 참말로 가는구나."

춘향이 마부 불러 다급히 하는 말이,

"마부야, 내가 문밖에 나설 수가 없으니 말 붙들어 잠깐만 멈춰 다오. 도련님께 한말씀만 여쭐란다."

춘향이 달려 나와,

"여보 도련님, 이제 가시면 언제나 오시려오. 사시사철 소식 끊어질 절(絶), 보내나니 아주 끊기는 영절, 푸른 대 푸른 솔의 백이숙제 만고충절, 천산조비절, 병들어 누우니 인사절, 죽절, 송절, 춘하추동 사시절, 끊어지니 단절, 분절, 훼절, 도련님은 날 버리고 박절하게 가시니 속절없는 나의 정절, 독수공방 수절할 때 어느 때에 파절할꼬. 첩의 한 맺힌 마음 슬픈 고절, 밤낮으로 생각해도 끊이지 않으리니 부디 소식 돈절* 마오."

대문 밖에 거꾸러져 곱디 고운 손으로 땅을 쾅쾅 치며,

"애고애고, 내 신세야."

하고 울부짖으니 '애고' 한 소리에, 누런 먼지 흩어지고 바람은 그지없이 쓸쓸한데, 깃발들도 빛을 잃고 해만 저무는도다. 도련님을 부르며 엎어지고 자빠지니 서운한 마음 남기지 않고 떠나려면 몇 날 며칠이 걸려도 시원치 않겠구나. 이 도령 눈물 흘리며 뒷날 기약 당부하고 말을 채찍질하며 재촉해 가는 모습이 춘향 눈에는 세찬 바람에 휘날려 가는 한 조각 구름일레라.

이 도령 보내고 난 춘향이는 하릴없이 방으로 들어가 기운 없이 앉는다.

"향단아, 주렴 걷고 이부자리 펴고 문 닫아라. 도련님을 깨어서는 만나 보기 어려우니 꿈에서나 만나 보자. 예부터 이르기를 꿈에 와 보이는 임은 신의 없다 하였건만, 답답하고 그리울 땐 꿈 아니면 어이 보리. 꿈아 꿈아 너 오너라. 첩첩이 쌓인 근

---

* 돈절: 편지나 소식 따위가 딱 끊어짐.

심 마음에 한이 되니 꿈에서도 못 이루면 어이하랴. 애고애고, 내 일이야. 인간사 이별 만 가지 중에 독수공방* 어이하랴. 그리워도 못 보는 이내 마음 그 누가 알아주리. 미친 마음 이렁저렁, 흐트러진 근심일랑 후려쳐 다 버리고, 자나 깨나 누우나 먹으나 임 못 봐서 가슴 답답. 사랑스런 모습 눈에 어리고 고운 소리 귀에 쟁쟁. 보고지고, 보고지고, 임의 얼굴 보고지고. 듣고지고, 듣고지고, 임의 소리 듣고지고. 전생에 무슨 원수로 우리 둘이 생겨나서, 그리운 사랑 한데 만나 잊지 말자던 처음 맹세, 죽지 말고 함께 있자 백년가약 맺은 맹세, 천금 보물 다 소용없고, 세상사 모든 일도 다 필요 없네. 근원에서 흘러 물이 되고 깊고 깊고 다시 깊고, 사랑 모여 산이 되어 높고 높고 다시 높아, 끊어질 줄 모르거늘 무너질 줄 어이 알리. 귀신이 해치고 하늘이 시기하였구나. 하루아침에 낭군과 이별하니 어느 날에 다시 만나 보리. 천만 근심 가득하여 끝끝내 서러워라. 옥 같은 얼굴 구름 같은 머리의 젊음이 헛되이 늙어 가리니 흐르는 세월이 무정하여라. 녹음방초** 시드는 곳에 해는 어찌 그리 더디 가며, 오동잎 지는 달 밝은 밤은 어이 그리 더디 새는고. 이 그리움 아시면 임도 나를 그리련만 독수공방 홀로 누워 한숨만이 벗이 되고, 시름 깊은 이내 마음 썩고 썩어 솟아나니 눈물이라. 눈물 모여 바다 되고 한숨 지어 바람 되면 조각배 만

---

* 독수공방: 아내가 남편 없이 혼자 지내는 것
** 녹음방초: 푸르게 우거진 나무와 향기로운 풀이라는 뜻으로, 여름철의 자연 경관을 이르는 말

들어 타고 한양 낭군 찾아가련만 어이 그리 못 보는고. 수심 어린 둥근 달이 환히 비출 때마다 마음에 향 피우고 정성 다해 빌건만은 모두가 꿈이로다, 우리 낭군 못 보는구나. 높은 달 밝은 별은 임 계신 곳 비추고 두견새 소리는 임 계신 곳에 들리련만, 마음속에 앉은 근심 나 혼자뿐이로다. 밤빛 어두운데 깜박깜박 외로이 비치는 것은 창밖의 반딧불뿐이로다. 밤은 깊어 삼경인데 앉은들 임이 올까, 누운들 잠이 올까. 임도 잠도 아니 온다. 이 일을 어이하리. 아마도 원수로다. 기쁨이 다하면 슬픔이 찾아오고 고생 끝에 낙이 온단 말 예로부터 있건마는, 기다림도 적지 않고 그리워한 지도 오래건만 애타는 이내 마음 굽이굽이 맺힌 한을 우리 임 아니면 그 누가 풀어 줄꼬. 하늘이시여, 굽어살피사 어서 보게 하소서. 못다 한 우리 사랑 다시 만나 백발이 다 되도록 이별 없이 살고지고. 묻노라 푸른 물 푸른 산아, 우리 임 초라한 행색 어떠하더냐? 느닷없이 이별한 후 소식조차 끊어졌구나. 사람이 목석이 아니라면 임도 응당 느끼리라. 애고애고, 내 신세야."

이렇듯 길고 긴 탄식 속에서 춘향이 눈물로 세월을 보내는데, 이때 이 도령은 서울 올라갈 때 숙소마다 잠 못 이뤄,

"보고 싶다, 나의 사랑 춘향이 보고 싶다. 밤낮으로 잊지 못하는 우리 사랑, 나를 보내고 그리워하는 그 마음, 어서 만나 풀리라."

이렇듯 마음을 굳게 먹고 과거에 급제하여 지방으로 벼슬길 나가게 되기만을 바라더라.

　　춘향과 이몽룡은 이렇게 서로 떨어져 그리워하고 있는데, 남원에 새로 부임한 사또가 춘향을 부른다.

춘향, 수청을 거부하다

"춘향이 대령하였소."

사또 보고 크게 기뻐하며,

"그래, 춘향이가 분명하구나. 어서 대청으로 오르거라."

춘향이 대청마루에 올라 무릎을 모으고 단정히 앉는다.

사또 크게 흡족하여,

"책방에 가서 회계 나리님을 오시라 해라."

회계 보는 생원이 들어오니 사또 크게 웃으며,

"자네 보게. 저게 바로 춘향일세."

"하. 그년 참말 예쁜데? 잘생겼소. 사또께서 서울 계실 때부터 춘향 춘향 하시더니 구경 한번 할 만하오."

사또 그저 좋은 듯 함박 웃으며,

"자네가 중매하겠나?"

느닷없는 사또의 말에 회계 생원이 잠시 어리둥절하여 앉아 있다가, 곧 사또의 속마음을 알아차리고는,

"사또께서 애당초 춘향을 직접 부르지 말고 중매 할멈을 보내어 보시는 게 좋을 걸 그랬소이다. 일이 좀 경솔히 되긴 하였소만 이왕 이렇게 불렀으니 혼인하는 수밖에 도리가 없소."

사또 크게 기뻐하며 춘향에게 분부하되,

"너는 오늘부터 몸단장 깨끗이 하고 내 수청을 들도록 하라."

자세 비록 다소곳하나 낭랑한 목소리로 춘향이 또박또박 대답하길,

"사또 분부 황송하나 이미 인연을 맺은 낭군이 계십니다. 일부종사* 바라오니 분부대로 못 하겠소."

사또 껄껄 웃으며,

"아름답도다. 네가 진정 열녀로다. 네 정절 굳은 마음 어찌 그리 어여쁘냐. 당연한 말이로다. 그러나 이 도령은 한양 사대부의 자제로 이미 명문가의 사위가 되었으니 한때 잠깐 데리고 놀던 너를 생각이나 하겠느냐? 그것도 모르고 너 혼자 정절을 지키다가, 무정한 세월 흘러 네 고운 얼굴도 삭아지고 백발 할미 되어 흰머리 어지럽게 흩날리게 되면 누굴 원망하리. 불쌍하고 가련한 건 너 아니고 누구이겠느냐. 네 아무리 수절한들 누가 알아주며 열녀랍시고 누가 상이라도 내릴 줄 아느냐? 아니, 그건 다 관두고라도 네가 지금 네 고을 관장에게 매이는 게 옳으냐? 그 철부지 어린놈에게 매이는 게 옳으냐? 어디, 말 좀

• 일부종사: 한 남편만을 섬김.

102

해 보거라.”

춘향이 주저 없이 여쭈오되,

“충신은 두 임금을 섬기지 않고 열녀는 두 남편을 모시지 않는 다하여 그 절개를 본받고자 하옵는데, 사또께서 계속 이렇게 분부하시니 사는 것이 죽는 것만 못하옵니다. 열녀는 지아비를 바꾸지 않으니 사또 처분대로 하옵소서.”

이때 회계 생원이 썩 나서서 하는 말이,

“어, 그년 요망한 계집이로구나. 이 좁은 세상 하루살이 같은 인생에 네 미모가 뭐 대단하다고 그리 여러 번 사양하는 것이냐. 사또께서 너를 생각해서 하시는 말씀이지, 네까짓 천한 계집에게 수절이 무엇이며, 정절이 무엇이더냐. 구관 사또 보내고 신관 사또 맞아들임은 법규에도 나와 있고 이치로도 정당커늘 쓸데없는 말 내지 말아라. 너희처럼 천한 기생에게 ‘충렬(忠烈)’ 두 글자가 왜 있으리?”

이때 춘향이 하도 기가 막혀 천연히 앉아 여쭈오되,

“충효 열녀에 위아래가 어디 있소? 자세히 들어 보시오. 기생 말 나왔으니 어디 기생으로 한번 말해 보리다. 충효 열녀 없다 하니 낱낱이 아뢰리다. 황해도 기생 농선이는 정절을 지켜 동선령에 죽어 있고, 선천 기생 나이는 어리되 칠거 학문 배웠으며, 진주 기생 논개는 우리나라 충렬로서 충렬문에 모셔 있고, 청주 기생 화월이는 3층 누각에 올라 있고, 평양 기생 월선이도 충렬문에 들어 있고, 안동 기생 일지홍은 살아생전 열녀문

세워지고 정경부인에까지 올랐으니, 기생 모함 마옵소서."

입가에 머금었던 능글맞은 미소는 이미 온데간데없고, 얼굴이 붉으락푸르락 어찌할 바를 모르는 사또를 향해 춘향이 계속 말을 이어 간다.

"당초에 도련님 만날 적에 태산처럼 굳고 바다처럼 깊은 마음, 소녀의 일편단심 한결같은 정절은, 살아 있는 소의 뿔을 뽑던 맹분 같은 용맹으로도 빼앗지 못할 것이요, 소진과 장의의 말재주로도 움직이지 못할 것이요, 동남풍을 불러온 제갈공명의 재주로도 굴복시키지 못하리다. 기산의 허유는 요임금의 천거도 거절하였고, 수양산 백이숙제는 주나라의 곡식을 먹지 않았으니, 만약에 허유가 없었다면 지조 높은 선비는 누가 하며, 백이숙제 없었다면 나라를 어지럽히고 임금 죽이는 간신 도적 얼마나 많으리까. 첩이 비록 천한 계집이나 허유와 백이숙제를 모르리까. 다른 사람 첩이 되어 지아비를 배반하는 것은 벼슬하는 나리님들이 임금을 배신하는 것과 똑같으니 처분대로 하옵소서."

사또 크게 노하여,

"이년 들어라. 모반 대역하는 죄는 능지처참하라 하였고, 관리 조롱하는 죄는 나라에서 정한 법률에 따라 벌하라고 적혀 있고, 관리를 거역하는 죄는 엄벌과 함께 귀양을 보내게 되어 있느니라. 그러니 너 죽어도 억울해 하지 마라."

춘향이 악을 쓰며,

"유부녀 겁탈하는 것은 죄 아니고 무엇이오?"

사또 기가 막혀 책상을 탕탕 두들겨 대니 탕건이 휙 벗겨지고 상투가 탁 풀리며 첫 마디부터 목이 쉬어,

"뭐가 어쩌고 어째? 이년을 당장 잡아 내려라."

사또 호령에 골방에 있던 통인이 "예." 하고 달려들어 춘향의 머리채를 주루루 끌어내며 급창*에게 외친다.

"이년을 잡아 내려라."

춘향이 머리채 잡은 손을 떨치며,

"놓아라."

하며, 가운데 계단으로 내려가니 급창이 달려들며,

"요년, 요년, 감히 어떤 자리라고 주둥일 나불거리느냐? 네가 그러고도 살기를 바라느냐?"

춘향 몸을 번쩍 들어 동헌 뜰에 내동댕이치니, 호랑이 같은 군노** 사령이 벌떼처럼 달려들어 감태 같은 춘향의 머리채를 꽉 잡아채더니, 정월에 연실 감듯, 뱃사공이 닻줄 감듯, 4월 초파일에 등대 감듯, 휘휘칭칭 감아쥐고는 내동댕이쳐 버리니, 불쌍하다 춘향 신세 백옥 같은 고운 몸이 여섯 육(六) 자로 엎어졌구나.

좌우 나졸 늘어서서 능장, 곤장, 형장이며 주장 집고 서니, 사또 소리친다.

---

* 급창: 조선 시대에, 군아에 속하여 원의 명령을 간접으로 받아 큰 소리로 전달하는 일을 맡아 보던 사내종
** 군노: 군아에 속한 사내종

"형리 대령하라."

"예, 형리 대령이오."

사또 얼마나 화가 나던지, 온몸을 벌벌 떨며 기가 막혀 허푸 허
푸 하며,

"여봐라, 그년한테 더 물을 것도 없다. 당장 형틀에 매 정강이
를 부수고 물고장을 올려라."

이때 곤장 치는 사령이 춘향을 형틀에 올려 매고는 형장이며
태장이며 곤장이며, 한 아름 담쑥 안아다가 형틀 옆에 좌르륵 쏟
아 놓으니, 그것들 서로 부딪치는 소리에 춘향이 벌써 정신이 아
득하다. 매질하는 집장사령 이놈도 잡고 능청능청, 저놈도 잡아
서 능청능청, 그중 튼튼하고 빳빳하고 잘 부러지는 놈을 하나 골

라잡고, 오른쪽 어깨에 들쳐 메고 명령을 기다리는데,

"잘 듣거라. 네가 그년 사정 봐준답시고 때리는 척하였다가는 당장에 네놈부터 죽을 것이니 각별히 매우 쳐라."

집장사령이 겁이 나서 여쭈오되,

"사또 분부 지엄한데 무슨 사정을 두오리까? 이년, 다리를 까딱도 하지 말아라. 조금이라도 움직이다가는 뼈가 부러지리라."

이리 호통을 치고는, 하나요, 둘이요, 매 대수 외치는 소리에 발 맞추어 다가서더니 춘향 귀에 대고 가만히 하는 말이,

"한두 개만 견디소. 어쩔 수가 없네. 요 다리는 요리 틀고 저 다리는 저리 트소."

"매우 치라는데 뭘 하고 있는 게냐?"

"예잇, 때리오!"

곤장을 휘둘러 춘향 몸에 딱 붙이니, 반으로 톡 부러진 막대기가 공중으로 빙빙 솟았다가 사또 있는 대뜰로 툭 떨어진다. 춘향이는 아픈 데를 참느라고 이를 복복 갈며 고개만 빙빙 돌리면서,

"애고, 이게 웬일이오!"

곤장, 태장 치는 데는 사령이 옆에 서서 하나, 둘 세는 것이지만 형장부터는 법으로 정해진 매질이라. 형리와 통인이 닭싸움하는 것처럼 서로 마주 보고 엎드려서 하나 치면 하나 긋고, 둘 치면 둘 긋는데, 마치 무식하고 돈 없는 놈이 술집 담벼락에 술값 긋듯이 그어 놓아 한 일(一) 자가 되었구나.

춘향이는 저절로 설움이 북받쳐 올라 매 맞으며 우는데,

"일편단심 굳은 마음 일부종사 뜻이오니 이까짓 형벌로 1년 동안 매질 해 보소. 이 마음이 잠시라도 변하리까."

이때 남원 땅 한량이며 남녀노소 사람들이 소문 듣고 모두 모여 구경할 때, 좌우의 한량들이 입을 모아 하는 말이,

"모질구나, 모질구나, 우리 고을 원님이 모질구나. 저런 형벌, 저런 매질이 왜 있단 말이냐. 매 치는 저 사령 놈 낯짝 똑똑히 익혀 두어라. 삼문 밖으로 나오면 당장에 잡아 죽이리라!"

보고 듣는 사람들 모두 서러워하며 눈물 흘리지 않는 이가 없다.

두 번째 매를 딱 치니,

"이부절을 아옵는데, 불경이부* 이내 마음 이 매 맞고 죽어도 도련님은 못 잊겠소."

세 번째 매를 딱 치니,

"삼종지도 지엄한 법 삼강오륜 알았으니, 세 차례 매질에 귀양살이 할지라도 삼청동 우리 낭군 이 도령은 못 잊겠소."

네 번째 매를 딱 치니,

"사대부 사또님은 사민공사** 팽개치고 위력에만 힘을 쓰니, 마흔네 부락 남원 백성들이 원망함을 모르시오? 사지를 가른대도 사생동거라, 죽어서도 함께할 우리 낭군 죽으나 사나 못 잊겠소."

다섯 번째 매를 딱 치니,

---

* 불경이부: 정절을 굳게 지키어, 두 남편을 섬기지 아니함.
** 사민공사: 온 백성을 위한 공적인 일

"오륜의 도리 엄연한데 오행으로 맺은 인연 올올이 찢어 내도, 오매불망 우리 낭군 온전히 생각나네. 오동추야 밝은 달은 임 계신 데 보련마는 오늘이나 편지 올까 내일이면 기별 올까. 가련한 이내 몸 죄진 것 없사오니 잘못 판결 마옵소서. 애고애고, 내 신세야."

(중략)

매를 맞으면 맞을수록 춘향이는 더욱 독이 올라,
"소녀를 이리 때리지 말고 차라리 능지처참해서 아주 박살내 죽여 주소서. 그리하면 죽은 후에 원조라는 새가 되어 두견새와 함께 울어 적막강산 달 밝은 밤 우리 도련님 잠든 후에 꿈이나 깨우리다."
이 한마디를 툭 내뱉더니 더 이상 말을 잇지 못하고 그대로 기절하여 엎어져 버린다. 옆에 있던 형방 통인 고개 들어 눈물을 훔치고 매질하던 저 사령도 눈물 씻으며 돌아서서 중얼거린다.
"사람 자식으로 차마 못할 짓이다."
옆에서 구경하던 사람들과 관리들조차 눈물을 씻고 돌아서며 제각기 한마디씩 한다.
"춘향이 매 맞는 모습, 사람 자식으론 차마 못 보겠다. 모질도다, 모질도다. 춘향 정절이 모질도다. 하늘이 내린 열녀로다."
남녀노소 없이 눈물지으며 돌아설 때 사또 마음인들 편할 리 있을까. 그러나 사또 체면을 생각해서 위엄 있게 한마디 던진다.

"네 이년, 관가에 발악하다 얻어맞으니 좋은 게 무엇이냐? 앞으로 또 고을 수령 말을 거역하겠느냐?"

거의 죽다가 반쯤 정신이 돌아온 춘향이 더욱 악을 쓰며 하는 말이.

"사또, 들으시오. 계집이 한을 품으면 오뉴월에도 서리가 내린다 하였소. 내가 죽어 귀신 되어 하늘을 떠돌다가 우리 어진 임금 앞에 내 원한을 아뢰면 사또인들 무사할 줄 아시오? 부디 소원이니 날 죽여 주시오."

사또 더욱 기가 막혀,

"허어 그년, 무슨 말을 못 할 년이로구나. 안 되겠다. 어서 큰칼* 씌워 옥에 가둬라."

하니, 사령들이 달려들어 춘향 몸에 큰칼 씌워 옥죄더니 옥사장이 등에 들쳐 업고서 동헌 밖으로 나간다.

중간줄거리

한편, 과거에 급제해 암행어사가 된 이몽룡이 초라한 차림으로 신분을 감추고 춘향의 어머니 월매를 찾아온다.

---

* 큰칼: 중죄인의 목에 씌우던 형벌 기구

"그 안에 누구 있나?"

"뉘시오?"

"날세."

"나라니 뉘신가?"

이 도령 안으로 들어가며,

"이 서방일세."

"이 서방이라니? 옳지, 이풍헌 아들 이 서방인가?"

"허허, 장모 망령 났나? 나를 몰라, 나를?"

"자네가 뉘기여?"

"사위는 백년손님이라 했는데 어찌 나를 모른단 말인가?"

그 말에 춘향 어미 뛸 듯이 반기며,

"애고애고, 이게 웬일인고. 어디 갔다 인제 왔나? 바람이 거세 더니 바람결에 날려 왔나, 구름이 솟아오르더니 구름 속에 싸여 왔나, 춘향이 소식 듣고 살리려고 와 계신가. 어서어서 들어 가세."

이 도령 손을 잡고 들어가서 촛불 앞에 앉혀 놓고 자세히 살펴 보니 거지 중에 상거지가 되어 있지 않은가. 춘향 어미 기가 막혀,

"아니, 이게 웬일인가?"

"양반 잘못되는 게 한순간이니 말로 다 할 수가 없네그려. 그 때 올라가서 벼슬길 끊어지고 집안 재산도 탕진하여, 아버지는 훈장질 하시고 어머니는 친정으로 가시고 뿔뿔이 다 갈라져서, 나는 춘향이한테 내려와 돈푼이나 얻어 갈까 했는데, 와서 보

니 두 집 형편이 모두 말이 아닐세."

춘향이를 살릴 수 있는 유일한 길이라 믿었던 사위가 그 꼴로 나타나니 춘향 어미 하도 기가 막혀,

"뭐가 어쩌고 어째? 이 무정한 사람아, 한 번 이별한 후로 소식조차 없더니 이제 와 그런 말이 어디 있단 말인가. 뒷날 기약 바랐더니 자알 되었네그려. 쏘아 놓은 화살 되고 엎질러진 물이 되니 누굴 원망하고 누굴 탓할까만은 내 딸 춘향이는 어쩔 텐가?"

홧김에 달려들어 코를 물어뜯으려고 하니,

"내 탓이지, 코 탓인가? 장모가 나를 몰라보네. 하늘이 무심하다 해도 풍운조화와 천둥 번개는 있는 법이네. 언젠가는 구름도 일어나고 천둥도 치지 않겠는가?"

갈수록 태산이라 춘향 어미 더욱 기가 막혀,

"저 말하는 것 좀 보소. 양반이 잘못되니 말 가지고 못된 장난 치네."

어사또 춘향 어미의 마음을 떠보려고,

"시장해 죽겠네. 나 밥 한술만 주소."

춘향 어미 밥 달라는 말을 듣고,

"밥 없네."

어찌 밥이 없을까마는 홧김에 하는 말이다.

이때 향단이 감옥 갔다 나오더니, 저희 마님 야단 소리에 가슴이 두근두근 정신이 월렁월렁, 정처 없이 들어가서 가만히 살펴

보니 서방님이 오셨구나. 어찌나 반갑던지 우루루 들어가서,

"향단이 문안이오. 대감님, 대부인 마님 평안히 잘 계시오며 서
방님도 먼 길에 편안히 오셨습니까?"

"오냐, 고생이 많지?"

"소녀는 별 탈 없이 잘 지내옵니다. 아씨 아씨 큰아씨, 마오, 마
오, 그리 마오. 멀고 먼 천 리 길을 누굴 보려고 오셨겠소? 아
기씨가 아시면 야단날 것이니 너무 괄시 마옵소서."

그러고는 얼른 부엌으로 들어가더니 먹던 밥에 풋고추, 절인
김치, 양념 넣고 단간장에 냉수 가득 떠서 상에 받쳐 드리면서,

"더운 진지 할 동안에 시장하실 터이니 우선 요기나 하옵소서."

어사또 눈을 반짝반짝 빛내며,

"밥아, 너 본 지 오래로구나."

하더니, 밥상에 달려들어 있는 것 다 한데 붓더니 숟가락은 채 건
드리지도 않고 손으로 이리저리 뒤섞어 한편으로 몰아치더니 마
파람에 게 눈 감추듯 순식간에 먹어 치운다. 그 꼴을 본 춘향 어
미가 어처구니없다는 표정으로 비꼬듯이 한마디를 툭 던진다.

"얼씨구, 밥 빌어먹는 데는 아주 이골이 났구나."

이때 향단이는 저희 아기씨 신세를 생각하니 오장이 무너지는
듯 크게 울지는 못하고 자그맣게 흐느낀다.

"어쩔거나, 어쩔거나. 도덕 높은 우리 아기씨를 어떻게 살리시
려오? 어쩔거나, 어쩔거나."

향단이 우는 모습을 본 어사또가 저도 기가 막혀 달랜다.

"여봐라 향단아, 울지 마라, 울지 마라. 너희 아기씨가 설마 살지, 그럼 죽을쏘냐? 사람 행실이 지극하면 사는 날이 있느니라."

춘향 어미가 이 말을 듣고는,

"애고, 양반이라고 오기는 있어서. 대체 자네가 어쩌다 이 꼴이 되었나?"

향단이 하는 말이,

"우리 큰아씨 하는 말은 조금도 마음에 담아 두지 마세요. 나이 많아 노망한 중에 이런 변을 당해서 홧김에 하는 말이니 노하지도 마세요. 자, 더운 진지 잡수시오."

어사또 밥상 받고 생각하니 분한 마음이 하늘을 찌르는 듯, 마음이 울적하고 오장이 울렁거려 도무지 밥맛이 없다.

"향단아, 상 물려라."

담뱃대를 툭툭 털며,

"이보게 장모, 춘향이나 좀 봐야지."

"그러지요. 서방님이 춘향이를 안 보아서야 어디 인정이라 하오리까."

향단이 여쭈오되,

"지금은 문을 닫았으니 파루* 치거든 가세요."

이때 마침 파루를 뎅뎅 치는구나.

향단이는 미음상 이고 한 손에 등불을 들고, 어사또는 뒤를 따

---

* 파루: 조선 시대에, 새벽에 통행금지를 해제하기 위하여 종을 33번 치던 일

라 감옥 문에 도착하니 인적 없이 고요한 것이 옥사장이도 어디 갔는지 그 모습이 보이지 않는다.

이때 춘향이 꿈인 듯 생시인 듯 서방님이 오셨는데 머리에는 금관이요, 몸에는 붉은 비단옷이라. 오매불망 그리던 그 모습에 춘향이 와락 목을 끌어안고 온갖 정회를 풀고 있는 중인지라, 옆에서 "춘향아." 하고 부른들 대답이 있을 리 없다.

어사또 춘향 어미를 돌아보며,

"크게 한번 불러 보소."

"모르는 말씀이오. 여기서 동헌이 코앞인데 큰 소리 냈다가 사또가 깨기라도 하면 곤란해지니 잠깐 기다리소서."

"뭐 어때? 사또가 뭘 어쩐다고 그러오? 내가 불러 볼 테니 가만 있소. 춘향아!"

부르는 소리에 춘향이 깜짝 놀라 일어나,

"허허, 이 목소리가 잠결인가 꿈결인가. 그 목소리 괴이하다."

어사또 기가 막혀,

"내가 왔다고 말 좀 하소."

"갑자기 자네 왔다는 말을 하게 되면 저 애가 기절해서 간 떨어질지 모르니 가만히 있소."

이렇듯 장모, 사위가 실랑이를 벌이고 있는데, 춘향이 제 어머니 목소리를 듣고 깜짝 놀라,

"아니, 어머니. 어찌 오셨어요? 몹쓸 딸자식 때문에 이렇게 다니다가 넘어지기라도 하면 어찌시려고 그러세요? 다음부턴 오

지 마오.”

“내 걱정은 하지 말고 너나 좀 정신 차리거라. 왔다.”

“오다니 누가 와요?”

“그저 왔다.”

“답답하여 나 죽겠소. 일러 주오. 꿈속에서 임을 만나 온갖 정회를 풀었는데, 혹시 우리 서방님한테서 무슨 기별 왔소? 언제 오신다는 소식이라도 왔소? 벼슬 얻어서 내려온다는 공문 왔소? 아이고 답답하여라.”

“네 서방인지 남방인지 거지 하나 내려왔다.”

“허허, 이게 웬 말인가. 서방님이 오시다니, 꿈속에 보던 임을 생시에 본단 말인가?”

춘향이 목에 칼을 찬 채 무릎으로 달리듯이 기어 와 문틈으로 어사또 손을 잡더니 숨이 막혀 한동안 말도 못하고 있다가 겨우 정신 차려 말한다.

"애고, 이게 누구시오. 아마도 꿈이로다. 그리워도 못 보던 임을 이리 쉽게 만날 줄은 생각도 못했다오. 이제 죽어도 여한 없네. 어찌 그리 무정한가. 팔자도 기박하구나 우리 모녀. 서방님 이별 후에 자나 깨나 앉으나 누우나 임 그리워 오시기만을 기다리다 한이 되었는데, 내 신세 이리 되어 매 맞아 죽게 되니 날 살리려고 오시었소?"

한참 이리 반기다가 이 도령 모습 자세히 살펴보니 그 꼴이 말이 아닌 것이, 한심할 지경이라. 춘향이 크게 놀라,

"여보 서방님, 이게 웬일이오? 내 몸 하나 죽는 건 서러운 마음 없소만 서방님이 어쩌다 이 꼴이 되셨단 말이오?"

"춘향아, 너무 서러워 마라. 예부터 사람 목숨은 하늘에 달려 있다 하였으니, 설마 네가 죽기야 하겠느냐?"

"불쌍하고 불쌍하구나. 그사이에 우리 서방님 오죽이나 굶었을까?"

서럽고 답답하여 멍하니 있던 춘향이 제 어머니를 불러 차근차근 말을 한다.

"7년 큰 가뭄에 목마른 백성들이 비를 기다리던 그 심정이 나처럼 간절했을까. 심은 나무가 꺾어지고 공든 탑이 무너졌네. 가련하다, 이내 신세 하릴없이 되었구나. 어머님, 나 죽은 후에라도 원이나 없게 하여 주옵소서. 나 입던 비단 장옷 봉황 장롱

안에 들었으니 그 옷 내다 팔아다가 한산 세모시로 바꾸어서 물색 곱게 도포 짓고, 하얀 비단 긴 치마도 되는대로 팔아다가 갓, 망건, 신발 사 드리고, 은비녀, 밀화장도, 옥가락지도 함 속에 들었으니 그것도 팔아다가 서방님 속저고리랑 속바지 허술하지 않게 챙겨 주세요. 곧 죽을 년이 세간 두어 무엇 할까. 용장롱, 봉황 장롱 빼닫이도 되는대로 팔아다가, 좋은 반찬 마련해서 서방님 진지 대접하오. 나 죽은 후에라도 나 없다 마시고 날 본 듯 서방님을 잘 섬겨 주오."

이번에는 어사또 손을 잡고 당부하기를,

"서방님, 제 말 잘 들으시오. 내일이 본관 사또 생일이라 사또가 술에 취해 망령 나면 나를 불러 또 칠 것이니, 이미 맞은 자리에 맷독 올랐으니 손발인들 놀릴쏜가. 온갖 근심 걱정으로 헝클어진 머리 이렁저렁 걷어 얹고, 이리 비틀 저리 비틀 들어가서 매 맞아 죽거들랑, 서방님이 삯꾼인 체 달려들어 둘러업고 우리 둘이 처음 만나 놀던 부용당의 적막하고 고요한 데 뉘어 놓고, 서방님이 손수 염습하되*, 나의 혼백 위로하여 입은 옷은 벗기지 말고 양지바른 데 묻었다가, 나중에 서방님 귀하게 되어 벼슬길에 오르거든 잠시도 두지 말고 다시 염습하여 조촐한 상여 위에 덩그러니 실은 후에 북망산천** 찾아갈 때, 앞뒤 남산 다 버리고 한양으로 올려다가 선산 발치에 날 묻어 주

* 염습하다: 시신을 씻긴 뒤 수의를 갈아입히고 베로 된 천으로 묶다.
** 북망산천: 무덤이 많은 곳이나 사람이 죽어서 묻히는 곳을 이르는 말

고, 비문에 새기기를 '수절원사 춘향지묘'라 이 여덟 자만 새겨 주오, 이내 몸 죽어 가서 망부석이 되겠구나. 서산에 지는 해는 내일 다시 오련마는 불쌍한 춘향이는 한 번 가면 어느 때 다시 올까. 가슴 깊이 맺힌 이 원통함이나 풀어 주오. 애고애고, 내 신세야. 불쌍한 우리 어머니 나를 잃고 가산마저 탕진하면 하릴없이 거지 되어 이 집 저 집 구걸하며 다니다가, 언덕 밑에서 조속조속 졸다가 그대로 잦아져 죽게 되면 지리산 갈가마귀가 두 날개를 떡 벌리고 두둥실 날아들어 까옥까옥 두 눈을 다 파 먹은들 어느 자식 있어 '후여' 하고 날려 줄까."

춘향이 서럽게 울자 어사또는,

"춘향아 울지 마라. 하늘이 무너져도 솟아날 구멍이 있다고 하지 않더냐. 네가 나를 어찌 알고 이리도 서러워하느냐."

어사또 춘향이와 작별하고 집으로 돌아온다.

춘향이는 어두침침 한밤중에 번갯불 보듯 잠시 잠깐 서방님을 보고는 다시 감옥에 홀로 남게 되니, 앞날의 자기 신세가 더욱 슬퍼 탄식하여 하는 말이,

"하늘이 사람을 낼 때에는 후한 운명과 박한 운명이 따로 없이 공평하게 내셨건만 무슨 죄 있어 내 신세 이리도 박절할까°. 이 팔청춘에 임 보내고 모진 목숨이 살아 있어 이 형벌 이 매질을 받다니 웬일인고. 옥중 고생 서너 달 동안 우리 임 오시기만을

• 박절하다: 인정이 없고 쌀쌀하다.

바랐더니, 이제는 임의 얼굴 보았으나 희망이 없구나. 내 몸 죽
어 저승에 돌아간들 옥황님께 무슨 말로 자랑하리."

　애고애고 슬피 울다 저절로 지치고 맥이 빠져 반쯤 죽은 듯 널
브러지는구나.

암행어사 출두요!

　어사또는 춘향 집에서 나와 그날 밤을 새기로 하고 문안과 문
밖 여기저기 동정을 살피고 다닌다. 그러다 길청에 가 들으니 이
방이 아랫사람 불러 말하기를,

　"여보소, 들으니 이번에 온 어사가 서대문 밖 이 씨라 하더니,
　아까 삼경에 등불 켜 들고, 춘향 어미 앞세우고 다 떨어진 옷에
　헌 갓 쓰고 남루하게 차린 손님이 아무래도 수상하지 않소? 내
　일 본관 사또 잔치 끝에 아무 탈 없도록 십분* 조심하소."

　어사또 그 말을 듣고는,

　"그놈들 알기는 아는구면."

하고, 또 장청에 가 들으니 우두머리 군관 거동 보소.

　"여러 군관님네, 아까 감옥 거리 서성이던 거지가 실로 괴이하
　더구면. 아무래도 어사인 것 같으니 어사 용모 적은 것 내놓고

・십분: 아주 충분히

자세히 좀 보소."

어사또 속으로,

'그놈들 전부 귀신이로구면.'

하고 또 다시 현사에 가 들으니 호장 역시 같은 말을 한다.

이렇게 육방[*] 염탐을 마친 후에, 춘향 집으로 돌아와서 그 밤을 다 새운다.

이튿날, 날이 밝았다. 아랫사람의 아침 인사를 받고 난 이웃 읍의 수령들이 남원으로 모여들기 시작한다. 운봉 영장, 구례, 곡성, 순창, 옥과, 진안, 장수 원님이 차례로 모여든다. 왼쪽에는 우두머리 군관, 오른쪽에 명령을 전달하는 사령 앉히고, 한가운데 앉은 변 사또는 생일잔치의 주인공이 되어 하인 불러 이것저것 분부한다.

"음식 담당을 불러 다과상 올려라. 육고자 불러서 큰 소 잡고, 예방 불러 악공 대령하고, 승발 불러 천막을 대령하라. 사령 불러 잡인 출입 금하도록 하라."

이렇듯 요란한 가운데 온갖 깃발들이 펄럭펄럭 휘날리고 삼현 육각 음악 소리는 공중에 떠다니고, 초록 저고리에 붉은 치마를 입은 어여쁜 기생들이 하얀 손 비단 치마 높이 들어 춤을 춘다. 지화자, 두둥실 하는 소리에 어사또 마음이 심란하구나. 문밖에서 어슬렁거리던 어사또 혼잣말을 한다.

• 육방: 조선 시대에 각 지방 관아에 둔 여섯 부서. 이방, 호방, 예방, 병방, 형방, 공방을 이른다.

"이 노름이 고름이 되렸다. 저 노름이 얼마나 오래 가나 한번 보자. 어찌되었든 잘 논다. 아주 잘 노는구나. 이따가 보아라. 내 솜씨에 네놈들 전부 똥을 쌀 것이다."

그러고는 잔칫상 앞으로 가서 크게 말한다.

"여봐라 사령들아, 너희 사또께 여쭈어라. 먼 데서 온 걸인이 마침 좋은 잔치 자리에 왔으니 술이나 좀 얻어먹자고 여쭈어라."

사령 하나가 놀란 얼굴로 황급히 튀어나와 어사또 등을 밀쳐 낸다.

"어느 양반인진 모르지만 우리 사또께서 거지는 절대 들이지 말라 하셨으니 그런 말은 입도 벙긋하지 마오."

운봉 영장이 그 거동을 유심히 지켜보다가 뭔가 짐작되는 것이 있는지 변 사또에게 청하기를,

"저 거지가 복장은 너절해도 양반의 후예인 듯하니 저 끝자리에 앉히고 술이나 한잔 먹여 보냄이 어떠하오?"

변 사또는 마지못해 허락하면서도,

"운봉 소견대로 하오마는……."

하니, 말끝을 흐리는 모양새가 사납다.

어사또 속으로,

'오냐, 도적질은 내가 하마. 오랏줄*은 네가 받아라.'

하고 뇌까리고 있는데 운봉이 분부하되,

"저 양반 드시라고 해라."

---

* 오랏줄: 도둑이나 죄인을 묶을 때 쓰던, 붉고 굵은 줄

어사또 들어가 단정히 앉아 좌우를 살펴보니, 대청마루의 모든 수령들이 상다리가 부러지도록 푸짐하게 차린 잔칫상을 앞에 놓고 진양조 느린 가락의 풍류를 즐기고 있다. 그런데 어사또 상을 보니 분한 마음이 들지 않을 수 없다. 모서리가 떨어진 개다리소반에 달랑 닥나무 젓가락 하나, 콩나물에 깍두기, 막걸리 한 사발이 전부였던 것이다. 심술 난 어사또, 상을 발길로 탁 차서 엎지르더니 운봉의 갈비를 가리키며,

　　"갈비 한 대 먹읍시다."

　　"아, 전부 다 잡수시오."

　　운봉이 좌중을 둘러보며 기분 좋은 듯 하는 말이,

　　"이런 잔치에 풍류로만 놀아서는 그 맛이 적은 법이지요. 운을 따서 시 한 수씩 지어 보면 어떻겠소?"

　　"좋다. 그 말이 옳구나."

　　모두들 좋다 하니, 운봉이 운을 내는데, 높을 고(高) 자, 기름 고(膏) 자, 두 자를 내놓고서 차례로 운을 달아 시를 짓는다. 이때 어사또 하는 말이,

　　"이 사람도 어려서 한시깨나 읽었소이다. 좋은 잔치 맞아 맛있는 술이며 안주며 배불리 먹고서 그냥 가면 염치없으니 한 수 하겠소이다."

　　운봉이 반갑게 듣고 붓과 벼루를 내어 주니, 다른 사람들이 미처 다 짓기도 전에 순식간에 시 한 편을 써 내려간다. 백성들의 형편과 본관 사또의 형태를 생각하며 지었겠다.

금준미주는 천인혈이요,

옥반가효는 만성고라.

촉루락시에 민루락이요,

가성고처는 원성고라.

뜻을 풀이하면,

금 술잔의 향기로운 술은 일만 백성의 피요,

옥쟁반의 맛있는 안주는 일만 백성의 기름이라.

촛농이 떨어질 때 뭇 백성들의 눈물도 떨어지고,

노랫소리 높은 곳에 원망 소리도 높더라.

이렇게 시를 지어 보여 주니 술 취한 변 사또는 그게 무슨 뜻인지도 모르는데, 운봉은 가슴이 덜컹 내려앉는다.

"아뿔사, 일이 났구나."

시를 짓고 난 어사또가 유유히 물러나자마자 운봉이 공형 불러 분부하되,

"야야, 큰일 났다."

공방 불러 돗자리 단속, 병방 불러 역마 단속, 관청색 불러 다과상 단속, 옥사장 불러 죄인 단속, 집사 불러 형벌 기구 단속, 형방 불러 서류 단속, 사령 불러 숙직 단속, 한참 이렇게 분주한데, 눈치 없는 변 사또는,

"여보, 운봉은 어딜 그리 다니시오?"

"오줌 누고 들어오오."

그때 이미 거나하게 술이 취한 변 사또가 부하들에게 분부하되,

"여봐라, 춘향을 빨리 불러 올려라!"

하니, 드디어 술주정이 시작되는구나.

이때 어사또 부하들에게 눈짓으로 신호를 보내니, 서리, 중방, 역졸 불러 단속을 하는데, 이리 가며 수군, 저리 가며 수군수군. 서리, 역졸 거동 보소. 외가닥 실로 짠 좋은 망건에 비단 갓싸개, 새 패랭이를 눌러 쓰고, 석 자나 되는 발감개에 새 짚신 신고, 한삼 고의 산뜻 입고서 육모방망이를 사슴 가죽 끈으로 매달아 손목에 걸어 쥔다. 그러한 차림새로 여기서 번쩍, 저기서 번쩍 하니 남원읍이 술렁술렁.

바로 그때, 청파 역졸들이 달처럼 크고 둥근 마패를 햇볕같이 번뜻 들고,

"암행어사 출두야!"

외치는 소리에 그만 강산이 무너지고 천지가 뒤집어지는 듯하니 산천초목 짐승들도 벌벌 떤다.

남문에서,

"출두야!"

북문에서,

"출두야!"

동문에서도, 서문에서도 출두 소리 높푸른 하늘에 천둥 치듯

진동하고,

"공형 들라!"

외치는 소리에 육방이 넋을 잃어,

"공형이오."

서둘러 나오는데 등나무 채찍으로 휘닥닥 치니,

"애고 나 죽는다."

"공방, 공방."

공방이 자리 들고 들어오며,

"예, 공방이오. 안 하려는 공방 하라더니 저 불속에 어찌 들어가랴."

들어오는 공방을 등나무 채찍으로 휘닥닥 치니,

"애고, 박 터졌네."

좌수, 별감 넋을 잃고, 이방, 호장은 혼이 빠지고, 삼색 옷 입은 나졸들이 분주하네. 모든 수령들이 헐레벌떡 도망가는데 그 모습이 가관이로다. 도장통 잃고 유과 들고, 병부 잃고 송편 들고, 탕건 잃고 용수* 쓰고, 갓 잃고 밥상 쓰고, 칼집 쥐고 오줌 누기, 부서지니 거문고요, 깨지나니 북과 장구라.

각 읍의 수령들이 서로 부딪히며 쥐 숨듯이 달아날 때 임실 현감은 갓을 옆으로 쓰면서,

"이 갓 구멍은 누가 막았는고?"

---

* 용수: 죄수의 얼굴을 보지 못하도록 머리에 씌우는 둥근 통 같은 기구

전주 판관은 정신없는 중에 말을 거꾸로 타고는,

"이 말은 원래 목이 없느냐? 어찌 됐건 빨리나 가자."

여산 부사는 어찌나 겁이 났던지 상투를 쥐구멍에 박고는 하는 말이,

"누가 날 찾거든 벌써 갔다고 일러라."

이러한 소동 중에 변 사또는 똥을 싸고 멍석 구멍에 숨어든 새앙쥐처럼 눈을 가늘게 뜨고서 안채로 들어가서,

"어, 추워라. 문 들어온다, 바람 닫아라. 물 마르다, 목 들여라."

이런 말을 내뱉고 있을 때, 음식 담당 아전은 상 대신 문짝 이고 도망가니, 서리, 역졸 달려들어 후다닥 친다.

"애고, 나 죽네."

뒷부분 줄거리

이몽룡은 변학도를 벌하고 춘향 앞에 나와 자신의 신분을 밝힌다. 춘향은 감격하며 기뻐한다. 이후 춘향과 이몽룡의 이야기가 한양에까지 알려져 춘향은 정렬부인*에 봉해지고 두 사람은 행복하게 살았다.

---

* 정렬부인: 조선 시대에 정조와 지조를 굳게 지킨 부인에게 내리던 칭호

9

홍길동전

허균(류수열 풀어 씀)

어떻게 읽을까?

① 작품의 주제와 시대적 배경을 연관지어 생각해 보세요.
② 홍길동이 위기를 어떻게 극복해 내는지, 또 집을 떠난 뒤 어떤 일을 하게 되는지 살펴보세요.
③ '내가 홍길동이라면 어떤 선택을 했을까?' 생각하며 읽어 보세요.

조선 시대, 홍문이라고 하는 재상이 있었는데 노비인 춘섬과의 사이에서 아들이 태어난다. 아이의 이름은 길동으로 지었다. 길동은 어릴 때부터 하나를 가르치면 열을 알며 한 번 보면 모르는 것이 없을 정도로 총명하였다. 홍 대감은 그런 길동을 총애하면서도 한편으로는 길동이 천한 출생으로 인해 세상에 나가 그 기상을 펼칠 수 없음을 안타까워했다.

아버지를 아버지라 부르지 못하고

세월이 흐르고 흘러 길동이 열한 살이 되었다. 비범한 아이인지라 누구 하나 길동을 칭찬하지 않는 이가 없었다. 비록 천비의 몸을 빌려 난 자식이긴 하지만, 길동의 재주를 눈여겨본 대감 역시 길동을 무척 아끼고 사랑하였다.

그러나 길동의 가슴에는 늘 원한이 맺혀 있었다. 출생이 천한 탓에 아버지를 아버지라 부르지 못하고 형을 형이라 부르지 못하기 때문이었다. 그는 자신의 천한 신분을 한탄하고 또 한탄하였다.

　어느 7월 보름날, 길동은 밝은 달을 쳐다보며 뜰을 배회하고 있었다. 쓸쓸한 가을바람 사이로 들려오는 기러기 울음소리가 마음에 외로움을 더했다. 길동의 가슴에는 절로 탄식이 일어났다.

　"대장부가 세상에 태어나서 공자, 맹자의 학문을 익힌 뒤에, 나가서는 장수가 되고 들어와서는 재상이 되며, 대장인을 허리춤에 차고 단 위에 높이 앉아 수많은 군사를 마음대로 지휘하며, 남쪽으로 초나라를 치고, 북쪽으로 중원*을 평정하며, 서쪽으로 촉나라를 쳐 업적을 쌓은 후에, 얼굴을 기린각**에 그려 빛내고 이름을 후세에 전함이 대장부의 떳떳한 일일 것이다. 옛사람이 이르기를 '왕후장상의 씨가 따로 없다.' 하였는데 이는 나를 두고 말함인가? 아무리 하찮은 사람도 아버지를 아버지라 부르고 형을 형이라 부르는데, 나만 홀로 그리하지 못하는구나. 내 인생은 어찌 하여 이리도 기박한가***?"

　길동은 가슴에 차오르는 답답함을 걷잡을 수가 없었다. 달빛 아래서 칼을 잡고 한바탕 춤을 추듯 몸을 날래게 움직이며 장한 기운을 다스리고 있었다.

---

* 중원: 중국 황허강 중류의 남부 지역. 흔히 한때 영웅들이 활약하던 중국의 중심부나 중국 땅을 이른다.
** 기린각: 중국 한나라의 무제가 장안의 궁중에 세운 전각. 이후 11명의 공신들의 초상을 그려 걸었다고 한다.
*** 기박하다: 팔자, 운수 따위가 사납고 복이 없다.

그때 홍 대감 역시 밝은 달빛을 즐기고자 창문을 열고 비스듬히 기대어 앉아 있다가 이런 길동의 모습을 보았다. 대감이 크게 놀라며 물었다.

"밤이 이미 깊었는데 너는 무슨 흥이 있어 이러고 있느냐?"

길동이 칼을 던지고 엎드려 대답하였다.

"소인이 대감의 정기를 받고 당당한 남자로 태어났으니 이만한 즐거움도 없습니다. 그러나 늘 서러운 것은 아버지를 아버지라 부르지 못하고 형을 형이라 부르지 못하는 신세이옵니다. 하인들까지 모두 천하게 보며, 친지와 친구조차도 아무개의 천생이라고 이릅니다. 이런 원통한 일이 어디 있겠습니까?"

길동은 대성통곡하였다. 대감은 속으로는 길동이 불쌍했지만 짐짓 꾸짖어 말하였다. 만일 그 마음을 드러내서 위로하면 오히려 버릇이 없어질까 염려하였던 것이다.

"재상의 집안에서 천한 노비에게 태어난 사람이 너뿐이 아니다. 그러니 방자하게 굴지 말아라. 다시 그런 말을 입 밖에 꺼내면 내 앞에 서지도 못하게 할 것이다."

길동은 그저 눈물만 흘리며 한참 동안을 그렇게 엎드려 있었다. 보다 못한 대감이 엄하게 물러가라 이르자, 비로소 고개를 들고 일어났다. 길동은 방으로 들어가는 대신 어미 춘섬을 찾아가 통곡하며 말했다.

"어머니께서는 소자와 전생에 귀중한 인연이 있어 오늘날 모자지간이 되었습니다. 낳아 주시고 길러 주신 은혜는 하늘보다

더 큽니다. 사내대장부가 세상에 한 번 태어났으면, 모름지기 입신양명한* 후 조상을 섬기고 부모의 은혜를 만분의 일이라도 갚아야 할 것입니다. 그런데 이 몸은 팔자가 사나운 까닭에 천하게 태어나 남의 천대나 받게 되었습니다. 하지만 대장부가 어찌 구차하게 근본에 얽매여 후회를 하겠습니까? 이 몸이 당당하게 조선국 병조 판서 대장인을 차고 상장군이 되지 못할 바에야, 차라리 산중에 들어가 세상 영욕**을 모르는 채 지내고자 합니다. 옛날 장충의 아들 길산은 소자보다 더한 천생이었

* 입신양명하다: 출세하여 이름을 세상에 떨치다.
** 영욕: 영예와 치욕을 아울러 이르는 말

습니다. 하지만 열세 살에 그 어미와 이별하고 운봉산에 들어
가 도를 닦아, 아름다운 이름을 후세에 전하였습니다. 소자도
그를 본받아 세상을 벗어나려 하옵니다. 감히 바라옵건대, 어
머니께서는 소자의 사정을 살피어 아주 버린 듯이 잊고 계십시
오. 훗날 소자가 돌아와 은혜를 갚을 날이 있을 것입니다. 그렇
게만 짐작하고 계시옵소서."

길동이 말을 마치는데, 그 말하는 기상이 너무나 도도해 슬픈
기색조차 없었다. 이를 본 어미가 길동을 달래며 말했다.

"재상 집안의 천생이 비단 너뿐이 아니다. 어디서 무슨 말을 들
었길래 어미의 마음을 이다지도 아프게 하느냐? 어미의 낯을
봐서라도 그대로 조용히 지내고 있으면 안 되겠느냐? 그러면
앞으로 대감께서 무슨 조치를 해 주실 것이다."

"아버님과 형님의 천대는 그렇다 하더라도, 하인이며 아이들
이 이따금 던지는 말이 골수에 박히는 경우가 허다합니다. 또
한 요즘 곡산모의 눈치를 보니, 아무 허물도 없는 우리 모자를
원수처럼 여겨 살해할 마음을 먹고 있는 듯하더이다. 머지않아
눈앞에 큰 재난이 있을 것입니다. 그러나 소자가 나간 후에도
어머님께는 후환이 없도록 손써 두겠습니다."

"네 말에도 일리가 있긴 하지만, 곡산모는 어질고 인정 있는 사
람인데 그럴 리가 있겠느냐?"

"세상 일은 헤아리기 어려운 것입니다. 소자의 말을 가볍게 생
각하지 마시고 장래를 살피소서."

남은 나를 저버릴지언정

　곡산모 초낭은 원래 곡산의 기생으로 있다가 홍 대감의 애첩이 되었다. 그러나 성질이 오만방자하여 종이라도 마음에 들지 않으면 거짓으로 헐뜯어 사생결단을 내곤 하였다. 남이 못되면 기뻐하고, 잘되면 시기하는 사람이었다. 그런데 어느 날 대감이 용꿈을 꾼 후 얻은 길동을 사람마다 칭찬하는 데다 대감 역시 깊이 사랑하시니, 대감의 사랑을 빼앗길까 봐 언제나 전전긍긍하였다. 게다가 대감이 이따금 농담으로 던지는 말도 그의 질투심을 자극하기에 충분했다.

　"너도 길동이 같은 자식을 낳아서 내 늘그막의 재미를 더하게
　해 보아라."

　곡산모 초낭은 몹시 무안하고 겸연쩍었다. 길동의 이름이 자자해질수록 길동 모자를 미워하는 마음도 점점 커져 갔다. 초낭은 끝내 둘을 해칠 마음을 먹고 흉계*를 짜내기 시작했다. 주변의 요사스런 무녀들을 돈으로 매수해 두고는 매일 모여서 모의를 했다.

　어느 날 그 자리에 온 한 무녀가 새로운 계책을 이야기했다.

　"동대문 밖에 관상을 보는 여자가 있는데, 사람의 상을 한 번
　보면 평생의 길흉화복을 짚어 냅니다. 그 여자를 불러 부인께
　서 원하시는 바를 이야기하고, 대감께 찾아가라 이르십시오.

---

* 흉계: 흉악한 계략

그리하여 가정의 온갖 일을 본 듯이 맞히게 한 후, 길동의 상*을 보고 여차저차 아뢰면 부인의 뜻을 이룰 것이옵니다."

해결책을 얻은 초낭은 새로운 희망을 발견한 듯이 기뻐했다. 바로 그 관상녀를 불러 재물로 유인하였더니, 관상녀는 쉽게 넘어갔다. 관상녀에게 대감 댁 일을 낱낱이 일러 주고, 단단히 약속을 한 후에 날짜를 기약하고 보냈다.

며칠 뒤, 대감은 길동을 데리고 안방에 들어가 부인과 이야기를 나누고 있었다.

"이 아이가 비록 영웅의 기상을 가졌으나 어디다가 쓰리오."

길동을 놓고 이런저런 이야기를 주고받고 있을 때, 문득 한 여자가 들어와 마루 아래에서 인사를 올렸다. 찾아온 까닭을 물으니, 그 여자가 엎드려 아뢰었다.

"소녀는 동대문 밖에 사는데, 어려서 한 도인을 만나 관상법을 배운 바가 있습니다. 도성 안의 수많은 집들을 두루 돌아다니다가, 대감 댁의 만복**이 높다는 소문을 듣고 천한 재주를 시험해 보고자 왔사옵니다."

대감이 어찌 요사한 무녀 따위와 문답을 하겠는가마는, 마침 길동을 놓고 농을 주고받던 때라 심심풀이 삼아 관상녀를 불렀다.

"가까이 올라와 나의 팔자를 확실히 짚어 보라."

관상녀는 머리를 조아리고 마루 위로 올라왔다. 먼저 대감의

* 상: 관상에서, 얼굴이나 체격의 됨됨이
** 만복: 온갖 복

136

상을 살핀 후에 대감의 과거와 현재를 똑똑히 말하며 앞날을 내다보듯이 설명해 나갔다. 조금도 대감의 생각에 어긋나는 말이 없으니, 대감이 신통해하면서 크게 칭찬하였다. 이어서 가족의 상을 두루두루 보라고 요청했다. 이 역시 마치 낱낱이 본 듯이 이야기하니, 한 마디도 헛된 말이 없었다. 대감과 부인은 물론이고, 주변의 여러 사람이 모두 놀라며 신인*이라고 일컬었다. 끝으로 길동의 상을 보던 관상녀가 크게 칭찬하며 말했다.

"소녀가 여러 고을을 다니며 수많은 사람의 상을 보았는데, 공자의 상 같은 경우는 처음입니다. 또한 아뢰옵기 황송하지만, 부인의 소생이 아닌 듯하옵니다."

"네 말이 맞다. 용케 맞혔구나. 하지만 사람마다 길흉영욕**이 각각 때가 있나니, 이 아이의 상을 각별히 논해 보라."

대감은 궁금증을 견딜 수 없었다. 관상녀는 길동을 유심히 보다가 놀라는 척하며 물러앉았다. 이를 괴이하게 여긴 대감이 그 까닭을 물었다. 그러나 관상녀는 입을 다물고 말을 하려 들지 않았다.

"길흉과 영욕을 털끝만큼도 숨기지 말고 보이는 대로 말하라."

대감의 명에 관상녀는 머뭇거리며 대답했다.

"있는 그대로 말씀드리면 대감께서 놀라실 것이옵니다."

"옛날에 오복을 다 구비했다는 곽분양 같은 사람도 좋은 때가

---

* 신인: 신과 같이 신령하고 숭고한 사람
** 길흉영욕: 길흉과 영욕. 운이 좋고 나쁨과 영예와 치욕

있고 나쁜 때가 있었는데, 무엇 때문에 여러 말을 하느냐? 숨기지 말고 어서 말하라."

관상녀가 마지못하는 척하며 길동을 내보내고 조용히 입을 열었다.

"공자의 앞날은 성취되면 왕이요, 실패하면 헤아릴 수 없는 환난이 있을 상입니다."

관상녀의 말에 대감과 주변의 모든 사람들이 크게 놀랐다. 놀란 마음을 겨우 진정한 대감은 관상녀에게 후하게 상을 주면서 입단속을 시켰다.

"이 같은 말을 삼가 입 밖에 내지 말라."

대감은 이내 길동의 거동을 경계해야 한다는 조바심에 사로잡혔다.

'내 길동이를 늙도록 바깥에 드나들지 못하게 하리라.'

관상녀는 대감의 마음을 읽고는 짐짓 능청스럽게 말했다.

"훌륭한 인물이라 하여 어찌 그 씨가 따로 있겠습니까?"

대감이 관상녀의 말을 막으며 여러 차례 말조심을 당부하였다. 관상녀는 손을 모아 명령을 따르겠다 하고 밖으로 나갔다.

'길동이가 본래 예사로운 놈이 아니었구나. 제 신세를 한탄해서 불순한 마음을 먹고 일을 저지르면, 우리 가문 대대로 쌓아 온 공덕이 하루아침에 무너질 수도 있을 것이다. 미리 없애서 화를 면해야겠으나, 부자지간에 또한 그럴 수도 없으니…….'

생각이 이렇다 보니 마음에 병이 들어, 먹어도 맛이 없고 잠을 자도 편하지 않았다. 곡산모 초낭은 그 기색을 엿보고 대감에게 충동질을 하였다.

"관상녀의 말처럼 길동이가 왕의 상을 지녀서 흉악한 짓을 벌인다면, 그 화를 막을 길이 없을 것입니다. 저의 어리석은 소견으로는 작은 애로*를 생각하지 마시고 큰일을 생각하여, 저 아이를 미리 없애는 것이 좋을 듯하옵니다."

초낭의 말에 대감은 크게 화를 내며 꾸짖었다.

"그 말을 함부로 꺼내지 말라 하였는데, 너는 어찌 입을 조심하지 못하느냐? 내 집 가운**은 네가 알 바 아니다."

초낭이 다시는 말을 못 붙이고 어쩔 수 없이 물러 나왔다. 대감을 설득하기는 어려울 것이라는 생각에, 이번에는 안방으로 들어가 부인과 길동의 형 길현에게 말하였다.

"그날 이후로 대감께서 걱정이 깊으시더니 결국 병환이 나지 않으셨습니까? 소인이 염려되어 여차여차하게 말씀을 아뢰었으나, 크게 꾸중을 하시는 고로 다시 여쭙지 못하였습니다. 그러나 소인이 대감의 마음을 떠본즉, 대감께서도 그 애를 미리 없애고자 하시되 인정상 차마 처치하지 못하시는 것 같습니다. 저의 미련한 소견으로는 길동을 일단 없앤 후에 대감께 아뢰는 것이 어떨까 합니다. 그러면 이미 저질러진 일이라 대감께서도 어찌하실 수 없을 것이옵니다."

---

* 애로: 어떤 일을 하는 데 장애가 되는 것
** 가운: 집안의 운수

부인이 얼굴을 찡그리며 말했다.

"그럴듯한 말이지만, 인정과 도리로 보아 차마 할 바가 아니구나."

초낭은 다시 그들을 설득하기 시작했다.

"이는 여러 가지 일에 관계가 되옵니다. 첫째는 국가를 위함이요, 둘째는 대감의 병환 치유를 위함이요, 셋째는 홍씨 일가를 위함이옵니다. 어찌 작은 사정 때문에 우유부단하여 여러 가지 큰일을 망치려 하십니까? 그러다가 후회할 일이 생기면 어찌 하오리까?"

이렇듯 온갖 방법으로 부인과 장남을 달래니, 그들도 마지못하여 허락을 하였다. 초낭은 기쁨을 감추고 안방에서 나와, 즉시 특자라고 하는 자객*을 수소문하여 불렀다. 특자에게 자초지종을 다 전하고는 많은 돈을 주면서 그날 밤 길동을 없애라 하였다. 그러고는 다시 안방으로 가서 부인에게 알렸다. 이야기를 들은 부인은 발을 구르며 못내 애달파하였다.

이때 길동은 비록 어린 나이였지만, 기골이 장대하고 용맹이 뛰어나며 중국의 경서와 온갖 사상서를 모르는 바가 없었다. 게다가 홀로 별당에 거처하며 중국의 병서를 읽어 모든 이치에 통달하였다. 그리하여 귀신도 헤아리지 못할 술법이며 천지조화를 능히 얻을 수 있었다. 비와 바람을 마음대로 불러오고 신장**을

---

* 자객: 사람을 몰래 죽이는 일을 전문으로 하는 사람
** 신장: 귀신 가운데 무력을 맡은 장수신. 사방의 잡귀나 악신을 몰아낸다.

부려 귀신처럼 나타났다 사라졌다 하는 술법을 모두 지니고 있었다. 길동은 재주로만 따지면 세상에 두려울 것이 없었다.

그날 밤, 길동은 자정이 지난 후 책상을 치우고 잠을 자려 하였다. 그런데 문득 까마귀가 세 번 울고 서쪽으로 날아갔다.

'까마귀가 세 번 '객자와 객자와' 울며 날아가니, 분명 자객이 온다는 징조구나. 어떤 사람이 나를 해치고자 하는고? 몸을 보호할 대책을 세워야겠다.'

길동은 방 안에 팔진*을 치고 각각 방위를 바꾸어 놓았다. 그리하여 방 안을 골짜기가 깊은 산으로 만들고, 그 가운데에 비바람까지 불어 넣고는 때를 기다렸다.

한편 초낭이 보낸 자객 특자는 비수를 쥐고 별당 부근에 숨어서 길동이 잠들기만을 기다리고 있었다. 그런데 난데없이 까마귀가 창밖에 와서 울고 가니, 속으로 심각한 의심이 들었다.

'이 짐승이 어찌 알고 천기를 누설하는가? 길동이는 실로 예사로운 아이가 아닌 것 같구나. 반드시 훗날에 큰 인물이 될 것이다.'

불안함을 느낀 특자는 몸을 일으켜 돌아가려 하였다. 그러나 문득 초낭이 약속한 금은 재물이 떠올라 다시 마음을 바꾸었다.

잠시 후, 특자는 몸을 날려 길동의 방으로 들어갔다. 그런데 어찌 된 일인지 길동은 간 데 없고, 홀연 한 줄기 거센 바람이 일어

---

* 팔진: 여덟 개의 방향. 동, 서, 남, 북, 동북, 동남, 서북, 서남을 이른다.

나더니 천둥과 벼락이 천지를 뒤흔들었다. 구름과 안개마저 자욱하여 사방을 분간할 수조차 없었다. 주위를 살펴보니 수많은 산봉우리와 골짜기가 겹겹이 에워싸 있고, 넓은 바다에서는 물이 흘러넘치고 있었다. 특자는 도무지 정신을 차릴 수가 없었다.

'내가 아까 들어온 곳은 분명 방이었는데, 이 산이며 물은 어찌된 것인가?'

갈 곳을 몰라 갈팡질팡 헤매고 있을 때, 어디선가 피리 소리가 들려왔다. 소리 나는 곳을 살펴보니, 푸른 옷을 입은 한 소년이 흰 학을 타고 공중으로 날아다니고 있었다. 소년이 근엄한 표정으로 특자에게 말했다.

"너는 어떤 사람이기에 이 깊은 밤중에 비수를 들고 나타났느

냐? 네가 필시 누군가를 해칠 생각인가 보구나.”

“네가 바로 길동이로구나. 나는 대감과 네 형의 명령을 받아 너를 죽이러 왔다.”

특자가 날랜 솜씨로 비수를 날리자, 길동은 순식간에 어디론가 사라져 버렸다. 음산한 바람이 몰아치고 벼락이 진동하며, 하늘에는 온통 살기가 가득했다. 특자는 겁을 잔뜩 먹고 칼을 찾으며 탄식했다.

“내가 재물에 눈이 멀어 죽을 길로 들어섰으니 누구를 원망할까?”

한참 뒤, 비수를 든 길동이 공중에 나타나 외쳤다.

“이 보잘것없는 놈아, 들어라. 네가 재물을 탐하여 죄 없는 사람을 해치려 하니, 너를 살려 두면 또 다른 사람이 무수히 상할 것이다. 어찌 살려 보내겠느냐?”

겁에 질린 특자가 애걸하였다.

"사실은 소인의 죄가 아니라 도련님 댁의 초낭이 시킨 짓이옵니다. 바라옵건대 가련한 목숨을 살려 주신다면 앞으로는 착하게 살겠습니다."

그 말을 들은 길동은 분을 이기지 못하여 소리쳤다.

"너의 악행이 하늘에 사무쳤다. 오늘 하늘이 나의 손을 빌어 악의 무리를 없애게 한 것이다."

말을 마치기가 무섭게 특자의 목을 베어 버렸다. 그러고는 바로 도술로 신장을 불러내어 동대문 밖 관상녀를 잡아들였다.

"네가 요망하게 재상의 집에 출입하면서 사람의 목숨을 해치려 하였더구나. 네 죄를 네가 알겠느냐?"

관상녀는 제 집에서 자다가 바람과 구름에 싸여 어디로 가는 줄도 모르고 잡혀 온 것이었다. 비몽사몽간에 길동의 꾸짖는 소리를 듣고는 애걸복걸하면서 대답했다.

"이는 소녀의 죄가 아니라 모두 초낭이 시킨 일이옵니다. 바라옵건대 너그러운 마음으로 저를 용서해 주십시오."

"초낭은 나의 의붓어머니라 죄를 밝히지 못하겠다. 하지만 너 같은 악종을 내 어찌 살려 두겠느냐? 너를 죽여 악을 경계하겠노라."

칼을 들어 관상녀의 머리를 베어 특자의 주검 옆에 던졌다. 분한 마음을 억제하지 못한 길동은 바로 대감에게 가서 자초지종을 말하고 초낭도 베어 버리고 싶었다. 그러나 초낭은 대감이 총애하는 데다 자신에게도 의붓어미가 된다는 생각이 들어 머뭇거릴 수밖에 없었다.

'남은 나를 저버릴지언정 나는 남을 저버리지 않으리라. 내 일시적인 분노로 어찌 인륜*을 끊겠는가?'

어렵게 마음을 고쳐먹고는 대감이 주무시는 곳으로 가 뜰 아래 엎드려 있었다.

대감은 잠이 깨어 있다가 문밖에 인기척이 있어 문을 열었다. 길동이 뜰 아래 엎드려 있는 모습을 본 대감이 물었다.

"밤이 이미 깊었는데 너는 무슨 까닭으로 자지 않고 이러고 있느냐?"

길동이 눈물을 흘리면서 대답했다.

"집안에 흉한 변고**가 있기에 목숨을 구하고자 집을 나가면서 대감께 하직 인사를 올리러 왔사옵니다."

대감이 크게 놀라는 한편 '반드시 무슨 곡절이 있구나.' 하고 짐작하며 말했다.

"무슨 일인지는 날이 샌 뒤에 알면 될 것이다. 돌아가 자고 내일 분부를 기다려라."

길동이 엎드린 채로 다시 아뢰었다.

"소인이 이제 집을 떠나려 합니다. 대감께서는 부디 평안히 계십시오. 다시 뵐 기약도 아득하옵니다."

길동의 결심에 찬 말에 대감은 그저 안타깝기만 했다.

* 인륜: 임금과 신하, 부모와 자식, 형제, 부부 등 사람 사이에 지켜야 할 도리
** 변고: 갑작스런 재앙이나 사고

"네가 이제 집을 떠나면 어디로 가겠느냐?"

"목숨을 건지고자 도망하는 처지에 어찌 따로 정한 곳이 있겠
습니까? 다만 평생의 원한이 가슴에 맺혀 풀어 버릴 날이 없으
니, 이것이 더욱 서러울 따름입니다."

대감은 길동을 말릴 수 없으리라 생각하고 길동의 한을 위로하
였다.

"내가 너의 품은 한을 짐작하겠구나. 오늘부터는 아버지를 아
버지라 부르고 형을 형이라 불러도 좋다. 다만 네가 천지 사방
을 두루 돌아다니더라도, 죄를 지어 아버지와 형에게 걱정을
끼치는 일만은 삼가거라. 또한 하루도 빠짐없이 너를 기다리고

있을 것이니, 부디 속히 돌아오기를 바라노라. 여러 말 하지는 않겠다. 신중하고 겸손하게 생각하도록 하라."

대감의 말을 다 들은 길동은 아버지를 향해 크게 절을 하였다.

"아버님께서 오늘 해묵은 소원을 풀어 주시니, 이제 죽어도 한이 없겠습니다. 황공하여 몸 둘 바를 모르겠사옵니다. 간절히 바라옵건대 아버님께서는 만수무강하옵소서."

하직 인사를 하고 나온 길동은 모친의 침실로 갔다.

"소자가 이제 목숨을 건지고자 집을 떠납니다. 어머님께서는 이 불효자를 잊으시고, 부디 옥체를 소중하게 보살피십시오."

이별의 말을 전하며, 초낭이 자신을 해치려 했던 사연을 처음부터 끝까지 이야기했다. 사정을 자세히 들은 어미 춘섬도 길동의 가출을 말릴 수 없겠다 생각하고 그저 한탄만 하였다.

"네가 이제 집을 나가더라도 잠깐 화를 피하고 나서, 어미 낯을 보아 곧 돌아오거라. 그리하여 내가 실망해 병을 얻는 일이 없도록 하려무나."

길동의 손을 부여잡고 크게 슬퍼하니, 길동이 어미를 위로하고 눈물을 무수히 흘리며 하직을 고했다.

어느덧 새벽닭이 울어 새벽을 재촉하고 동방은 차차 밝아 왔다. 길동이 문을 나서 멀리 바라보니, 첩첩한 산중에는 구름만 자욱했다. 넓고 넓은 천지간에 제 한 몸 둘 곳이 없음을 느끼고 더욱 한탄하며 정처 없이 길을 떠났다. 슬픔을 애써 억눌러 보았지만, 억울하고 서러운 마음이 자꾸만 치밀어 올랐다. 길동은 무겁게 무겁게 발걸음을 옮겨 놓았다.

한편 부인은 길동에게 자객을 보낸 일이 안타까워 밤새 잠을 설쳤다. 장남 길현이 모친을 위로하며 말했다.

"저도 마지못해 한 일이오니, 그 애 죽은 후라도 어찌 한이 없겠습니까? 그 아이의 어미를 더욱 후대하여 여생을 편안히 지내게 하고 장례를 잘 치러 주면, 애처로운 마음을 조금이나마 덜 수 있을 것입니다."

이렇게 마음을 달래며 밤을 지냈다.

다음 날 새벽, 곡산모 초낭은 별당에서 소식을 기다리고 있었다. 그런데 시간이 지나도록 아무 소식이 없기에 사람을 보내 사태를 알아보았다. 전혀 예상 밖의 일이 벌어졌다는 소식이 들려왔다. 목이 떨어진 시체가 길동의 방 가운데 거꾸러져 있어 자세히 보니, 바로 특자와 관상녀더라는 것이다. 초낭이 아연실색하여* 급히 안방으로 가서 알렸다. 소식을 들은 부인 역시 기절할 정도로 놀라 길현을 불렀다. 길동을 찾아보라 하였으나 도무지 간 곳을 알 수 없었다.

부인과 길현은 하는 수 없이 대감을 찾아가 사건의 전말**을 고하고 용서를 빌었다. 대감이 크게 놀라 호통을 쳤다.

"집안에 이런 변이 생기다니, 장차 그 화를 어찌할 것이냐? 간

· 아연실색하다: 뜻밖의 일에 얼굴빛이 변할 정도로 놀라다.
·· 전말: 처음부터 끝까지 일이 진행되어 온 경과

148

밤에 길동이가 집을 떠나겠다면서 하직을 고하기에 무슨 일인지 걱정했었다. 하지만 이런 일이 있을 줄을 어찌 짐작이나 했겠는가?"

그러고는 초낭을 크게 꾸짖었다.

"지난날 네가 괴이한 말을 꺼내기에, 그 같은 말을 다시는 내지 말라 하였지 않느냐? 그런데 끝내 요망한 짓을 꾸며 이런 변이 생겼구나. 너의 죄는 죽음을 면할 수 없을 것이다. 어찌 너를 내 눈앞에 두고 보겠느냐?"

대감은 초낭을 내쫓은 뒤, 하인을 불러 두 주검을 남모르게 처리하게 하였다.

중간 줄거리

집을 나온 길동은 산속에 들어가 도적 떼의 우두머리가 된다.

활빈당, 활빈당!

길동이 녹림*의 두령이 된 후 며칠이 흘렀다. 길동은 드디어 해

• 녹림: 푸른 숲속. 여기서는 도적의 소굴을 뜻한다.

인사를 치기로 마음먹고 모든 부하들을 불러 말하였다.

"내가 합천 해인사에 가서 묘책*을 세워 놓고 오겠다."

서당에 다니는 아이의 차림새로 부하 몇 명을 데리고 길을 떠나는 길동의 모습은 완연히 재상가의 귀한 자제로 보였다.

해인사에는 미리 공문을 보냈다.

"한양 홍 승상 댁 자제가 공부하러 거기에 갈 것이다."

해인사의 중들은 그 소식을 듣고 매우 기뻐하며 반겼다.

"재상 댁 자제가 우리 절에 거처하시면, 그 힘이 작지 아니할 것이다."

중들은 법석을 피우며 한꺼번에 동구** 밖으로 나가 길동을 맞이했다. 중들의 정성에 길동은 매우 흡족한 표정을 지으며 절로 들어섰다. 자리를 잡고 앉은 뒤 길동은 모든 중들을 모아 놓고 말하였다.

"그대들의 절이 한양에서도 유명할 정도로 소문이 나 있더구나. 그 소문을 듣고 먼 길을 마다 않고 온 것이다. 구경도 할 겸 공부도 할 겸 찾아왔으니, 너희도 괴로이 생각지 말라. 일단 드나드는 사람이 너무 많으면 내 공부에 방해가 될 터이니, 절 안에 머무는 잡인을 모두 내보내거라. 나는 아무 고을 관아에 가서 사또더러 백미 20석을 보내라 할 것이다. 차후에 내가 정한 날

---

* 묘책: 매우 교묘한 꾀
** 동구: 동네 어귀

그 쌀로 음식을 장만하라. 내가 그대들과 더불어 승려와 속인*의 구별을 두지 않고 즐긴 후에 그날부터 공부를 시작하겠다."

백미 20석이라는 소리에 중들은 기쁨을 감추지 못하고 길동의 명령을 흔쾌히 받아들였다. 길동은 절의 여기저기를 두루 살핀 후 산채**로 돌아와 부하들에게 백미 20석을 만들어 주었다.

"아무 관청에서 보내더라고 말하라."

하지만 중들이 어찌 이런 도적의 계략을 알겠는가? 행여나 길동의 명령을 지키지 못할까 봐 서둘러 음식을 장만하는 한편 절 안에 머물고 있는 잡인들을 다 내보냈다.

며칠이 지나 승려들과 약속한 날이 되었다. 길동이 부하들을 모아 놓고 명령했다.

"이제 해인사로 가서 중들을 모두 묶을 것이다. 너희들은 근처에 숨어 있다가 때가 되면 한꺼번에 들이닥쳐 신속하게 재물을 거두어 가라. 내가 가르치는 대로 행하되 부디 명령을 어기지 말라."

길동은 건장한 부하 10여 명을 하인으로 데리고 해인사로 갔다.

이번에도 역시 많은 중들이 동구까지 나와 기다리고 있었다. 길동은 절로 들어가 그들에게 분부했다.

"절 안의 모든 중은 하나도 빠지지 말고 일제히 절 뒤 계곡으로 모여라. 오늘은 너희들과 함께 하루 종일 실컷 취하고 놀겠다."

• 속인: 일반의 평범한 사람
•• 산채: 산적들의 소굴

수천 명의 중들이 한꺼번에 계곡으로 모였다. 먹고 노는 것에도 욕심이 날 뿐 아니라 명령을 어기면 행여나 죄를 짓는 것이 될까 두려웠던 것이다. 자연히 절은 텅 비게 되었다. 중들이 모두 나와 앉자 길동이 먼저 술잔을 든 다음 중들에게도 차례로 권하며 즐기도록 했다.

잠시 후, 정성스레 차려진 밥상이 나왔다. 길동은 몰래 소매에서 모래를 꺼내 입에 넣고 씹었다. 중들은 길동의 돌 씹는 소리에 놀라 어쩔 줄 몰라 했다. 길동이 크게 화를 내며 꾸짖었다.

"내 너희와 더불어 승려와 속인의 구별을 두지 않고 함께 즐긴 후 마음을 다잡고 공부하려 했었다. 그런데 이 흉악하고 거만한 중놈들이 나를 우습게 보고 이 따위로 지저분한 음식을 대접하다니, 괘씸하기 짝이 없구나."

길동은 데리고 갔던 하인들에게 호령하였다.

"여봐라, 이놈들을 모두 결박하라."

명령이 떨어지자마자 하인으로 위장한 부하들이 달려들어 인정사정없이 중들을 묶어 버렸다. 절 근처에 숨어 있던 다른 부하들은 때를 맞추어 해인사 경내로 일시에 달려들었다. 창고를 열고 쌓여 있던 재물들을 마치 제 것처럼 말과 소에 싣고 나왔다. 그러나 중들은 사지를 움직일 수 없기에 막아 낼 수가 없었다. 다만 입으로 원통하다는 소리만 질러 대니, 온 동네가 무너지는 듯했다.

그때 절 안에 한 목공이 있어 술자리에 참여하지 않고 절을 지키고 있었다. 그런데 난데없이 도적 떼가 들어와 재물을 제 것처럼 가져가는 것이었다. 목공은 급히 달아나 합천 관아에 신고를 했다. 합천 사또가 크게 놀라 한편으로는 관리를 보내고, 또 한편으로는 관군을 불러 모아 뒤쫓았다.

도적들은 말과 소에 재물을 싣고 절을 나섰다. 그때 멀리서 수천 명의 군사가 비바람같이 달려오는데, 그 풍경은 마치 거대한 먼지 덩어리가 하늘에 닿은 듯했다. 도적들이 겁을 잔뜩 먹고 길동을 원망하기 시작했다.

"두령님의 무모한 계획 때문에 이제 우리가 다 잡혀 죽게 되었습니다."

길동이 빙그레 웃으며 말하였다.

"너희들이 어찌 나의 은밀한 계획을 알리오? 너희들은 아무 걱정 말고 남쪽 큰길로 가라. 내가 저기 오는 관군들을 북쪽 샛길로 유인할 것이다."

길동은 법당으로 들어가 중의 장삼을 입고 고깔을 쓴 채 높은 봉우리에 올라갔다.

"도적들이 북쪽으로 달아났습니다. 이리로 오지 말고 그리로 가서 어서 잡아들이시오."

장삼 소매를 날려 북쪽의 작은 길을 가리키니, 몰려오던 관군들은 중이 가리키는 대로 북쪽을 향해 달려갔다. 관군이 멀리 사라지는 것을 확인한 길동은 축지법*을 써서 숲으로 돌아왔다. 한

---

* 축지법: 도술로 지맥을 축소하여 먼 거리를 가깝게 하는 술법

참이 지나서야 산채로 돌아온 나머지 도적들은, 자신들보다 앞서 와 있는 길동을 보고 크게 놀랐다. 모든 도적들이 길동의 신기한 재주를 야단스럽게 칭송하고, 성공적으로 해인사를 친 것을 서로 축하하였다.

한편 합천 사또는 관군을 몰아서 도적을 추적했으나, 흔적도 찾지 못하고 돌아올 수밖에 없었다. 이 사건으로 온 고을이 술렁거렸다. 사또가 이 사연을 곧 경상 감영*에 보고하니, 경상 감사 역시 크게 놀라 도적을 잡기 위해 각 읍에 관군을 보냈다. 하지만 끝내 자취를 몰라 도리어 온 동네가 분주할 뿐이었다.

어느 날, 길동이 또다시 부하들을 불러 모았다.

• 감영: 조선 시대에 관찰사가 직무를 보던 관아

"우리가 비록 녹림에 몸을 의지하고 있는 도적이지만, 모두가 이 나라의 백성이다. 대대로 이 나라의 물을 마시고 이 땅에서 곡식을 거두어 왔다. 그러므로 만일 나라가 위태로워지면, 마땅히 날아오는 화살과 돌을 무릅쓰고 백성을 지키고 임금을 도와야 할 것이다. 그러니 어찌 병법에 힘쓰지 않을 수 있겠느냐? 나에게 무기를 마련할 방책이 있다. 아무 날 함경 감영 남문 밖에 있는 왕릉 근처에 불 땔 풀을 운반해 두었다가, 그날 밤 삼경에 불을 놓아라. 그러나 능에는 불길이 닿지 않도록 조심해야 한다. 나는 남은 부하들을 거느리고 기다렸다가 감영에 들어가 무기와 곡식을 탈취하겠다."

길동의 명령에 따라 도적들은 일제히 함경도로 향했다.

약속한 날이 되어 길동은 부하들을 두 부대로 나누었다. 한 부대는 땔감을 운반하게 하고, 또 한 부대는 길동이 거느리고 감영 근처에 숨어 있었다. 삼경이 되자 능 부근에서 불길이 하늘로 치솟았다. 길동은 재빨리 함경 감영으로 달려가 문을 두드리며 소리쳤다.

"능에 불이 났습니다."

감사가 잠결에 놀라 나와 보니, 과연 능이 있는 곳에서 불길이 하늘로 치솟고 있었다. 하인을 거느리고 나가며 한편으로는 군사를 불러 모았다. 온 성은 물 끓듯이 소란해졌다. 백성들도 모두 능 있는 곳으로 몰려들어, 성안에는 늙은이와 노약자만 남았을 뿐 빈집이나 다름없었다. 길동은 이때를 틈타 모든 도적을 거느리고 일시에 감영으로 들이닥쳤다. 창고에 든 무기와 곡식을 탈취한 후 축지법을 써서 순식간에 산채로 돌아왔다.

한참이 지난 후 감사 일행이 겨우 불을 끄고 감영에 돌아왔다. 창고를 지키던 군사가 놀란 모습으로 감사를 찾아 아뢰었다.

"도적이 들어와 창고를 열고 무기와 곡식을 강탈해 갔습니다."

감사가 크게 놀라 사방으로 군사를 풀어서 수색했지만, 도적의 무리는 흔적도 찾을 수 없었다. 커다란 변괴*를 만난 감사는 이 사실을 조정에 보고했다.

한편 길동과 그 무리들은 무사히 산채로 돌아와 잔치를 열었다. 술을 마시고 즐기며 성공을 자축하였다. 분위기가 점차 무르익어 갈 즈음, 길동이 일어나 부하들에게 말했다.

"우리는 이제 무고한 백성의 재물에는 절대 손대지 않을 것이다. 각 읍의 수령과 감사들이 백성들로부터 착취한 재물만을 빼앗아 그것으로 불쌍한 백성들을 구제하게 될 것이다. 그런 의미에서 우리 무리의 이름을 '활빈당'으로 정하고자 한다."

길동의 말에 모든 도적들이 "활빈당, 활빈당!" 하고 외치며 박수를 쳐 환영했다. 길동은 박수를 끊고 다시 말을 이어 갔다.

"지금쯤 함경 감영은 우리의 종적을 찾으려 혈안이 되어 있을 것이며, 또한 조정에서도 이미 이 사실을 알고 있을 것이다. 그 사이 죄 없는 백성들이 억울한 일을 허다하게 당했을 터. 죄는

• 변괴: 이상야릇한 일이나 재변

우리가 짓고 그 죗값을 백성들에게 돌릴 수는 없다. 사람은 비록 알지 못할지라도 하늘이 큰 벌을 내릴 것이다."

길동은 즉시 한양 사대문에 글을 써 붙였다.

"함경 감영의 곡식과 무기를 탈취한 것은 활빈당 장수 홍길동이라."

뒷부분 줄거리

홍길동과 활빈당은 부정부패한 관리들을 응징하고 백성들을 돕는 의적이 된다. 나라에서는 홍길동을 잡아들이려고 하지만 길동의 도술을 당해 낼 수 없어서 실패한다. 결국 조정에서는 홍길동을 회유하기 위해 군사에 관한 일을 총괄하는 병조 판서 벼슬을 내린다. 하지만 홍길동은 조선을 떠나 바다 건너에 율도국이라는 나라를 세우고 그곳에서 그를 따르는 백성들과 행복하게 살아간다.

키워드로 짚어 보는
고전 읽기

심청전

#판소리계 소설

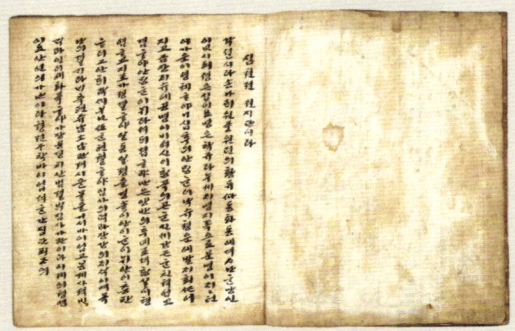

▲ 《심청전》 필사본 ⓒ 국립한글박물관

《심청전》은 작가와 집필 시기가 알려지지 않은 고전 소설로, 원래 판소리로 불리던 이야기를 소설로 옮긴 작품입니다. 이처럼 판소리에서 유래한 소설을 '판소리계 소설'이라고 해요. 《춘향전》, 《흥부전》, 《토끼전(별주부전)》, 《적벽가》 등이 대표적입니다.

판소리는 조선 후기 서민 문화를 대표하는 예술로, 민중의 삶과 정서를 담고 있어요. 지배층의 위선, 탐관오리의 부정부패 등 사회의 부조리를 비판하고 이에 대한 저항 의식을 다양한 방식으로 드러내지요. 이를 통해 민중들의 삶의 애환과 희로애락을 위로하고 대변한 것이에요.

판소리계 소설은 말하듯이 쓰인 문장, 풍자와 해학, 반복과 과장이 특징입니다. 또한 판소리가 입에서 입으로 전해져 내려오는 과정에서 내용이 조금씩 달라진 것처럼, 소설로 기록할 때도 내용이 변했습니다. 그래서 한 작품에 여러 가지 버전이 존재하는데 이를 '이본'이라고 해요. 《심청전》의 이본만 해도 200종이 넘지요. 이러한 이본들은 작품의 형성과 변화 과정을 보여 주는 중요한 자료가 되기도 합니다.

#심청전의 모티브?

《심청전》보다 앞서 전해진 이야기로 〈효녀 지은 설화〉가 있습니다. 《삼국유사》와 《삼국사기》에 실린 이야기예요.

신라 시대, 효녀 지은은 아버지를 여의고 홀어머니를 모시며 서른 살이 넘을 때까지 결혼하지 않고 병든 어머니를 돌보았습니다. 그러나 집안 형편이 너무 어려워 생계를 유지하기 힘들자, 결국 쌀 10여 석에 자신을 팔아 노비가 됩니다. 지은은 이 사실을 어머니에게 숨겼지만, 곧 어머니가 이를 알게 되고 모녀는 함께 통곡합니다. 그때 지은의 사정을 들은 화랑 효종이 지은의 효성에 감동하여 많은 재물을 보내 주고 그녀의 신분을 회복시켜 줍니다. 왕 또한 이 소식을 듣고 많은 곡식과 집을 하사했지요. 이후 왕은 지은의 효행을 기리기 위해 그녀가 사는 마을을 효양방이라 명하고, 그 미담을 널리 알렸습니다.

신라 시대부터 전해진 '아픈 부모를 지극한 정성으로 돌보는 딸의 이야기'가 후대에 전해지며 《심청전》의 바탕이 되었던 것으로 볼 수 있지요.

#불교, 유교, 도교의 영향?

《심청전》에는 당시 사람들이 믿고 따르던 다양한 종교 사상이 반영되어 있습니다. 심청이 인당수 제물이 되기로 결심하게 된 직접적인 계기는, 물에 빠진 심 봉사가 몽운사 스님에게 부처님께 공양미 300석을 바치겠다고 약속한 사건이었지요. 이는 부처님께 정성을 다해 빌면 원하는 것을 이룰 수 있다고 믿었던 불교 신앙을 보여 줍니다. 또한 이야기의 결말에서 '착한 사람은 복을 받고 나쁜 사람은 벌을 받는다.'는

▲ 1950년대에 출간된 소설《심청전》의 표지
© 국립한글박물관

'인과응보'의 교훈 역시 불교의 가르침과 맞닿아 있습니다.

심청이 아버지의 눈을 뜨게 하기 위해 자신의 목숨까지 바치는 장면은 조선 사회의 주류 사상이었던 유교의 영향이라고 할 수 있어요. 유교에서는 임금에 대한 충성과 부모에 대한 효도를 최고의 가치로 가르쳤으며, 조선 시대에는 이러한 사상을 확산하기 위해 충신과 효자·효녀를 발굴하여 상을 내리고 그들의 이야기를 널리 전하기도 했습니다.

작품 속 도교의 영향은 옥황상제, 용궁과 같은 신비로운 존재나 장소에서 나타납니다. 인당수에 빠진 심청이 용궁에 머물다 다시 환생하는 이야기는 도교적 세계관을 표현한 것이지요.

#진짜 효도란?

심청은 부모를 위해 목숨까지 바친다는 점에서 오랫동안 '효녀의 대명사'로 여겨졌어요. 그러나 과연 그것을 진정한 효도로 볼 수 있을까요?

조선 시대의 충신과 효자, 효녀의 이야기를 담은 《삼강행실도》에는 심청만큼이나 극단적인 효자, 효녀들의 이야기가 등장하기도 합니다. 부모의 병

을 고치기 위해 자신의 허벅
지 살을 베어 먹인 효자의
이야기나 역시 아픈 부모를
위해 손가락을 잘라 그 피를
먹여 병을 고쳤다는 효녀의
이야기가 실려 있지요.

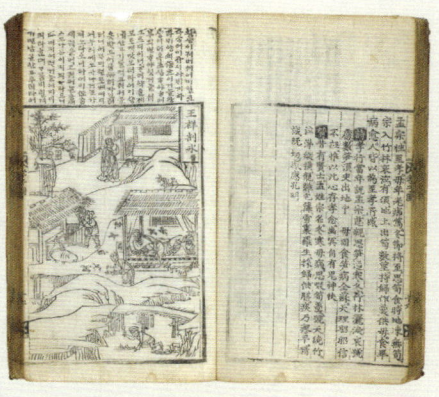

▲ 《삼강행실도》ⓒ 국립중앙박물관

'효'를 너무 중요하게 여긴
나머지 자신의 몸을 해하면
서까지 부모님을 위하는 것
을 숭고한 희생으로 여겼던 것이에요. 하지만 조선 시대 당시에도 부모님
이 낳아 주신 몸을 해치는 일을 큰 불효로 여기기도 했어요.

어쩌면 당시 사람들도 '효도'라는 이름으로 행해지는 비극적인 상황들이
모순된다고 생각하지 않았을까요? 예나 지금이나 《심청전》은 자신을 희생
해서라도 부모를 위하려는 심청의 모습을 통해 효도의 본질에 대해 질문
을 던지고 있는지도 모릅니다.

토끼전

#우화 소설

《토끼전》은 《심청전》과 마찬가지로 작자와 집필 시기가 알려지지 않은
판소리계 소설이면서, 동시에 '우화 소설'입니다. 우화 소설이란 동물을 주
인공으로 하여 인간 사회의 모습을 빗대어 표현한 소설을 말해요. 수꿩을
주인공으로 남성 중심의 가부장적 사회의 모습을 풍자한 《장끼전》, 쥐를

▲ 민화 속의 토끼 ⓒ 삼척시립박물관

주인공으로 탐관오리의 부패와 횡포를 그린 《서동지전》 등이 있습니다.

《토끼전》 역시 다른 판소리계 소설들처럼 사회의 부조리를 비판하고 풍자하면서도 웃음을 자아내는 해학을 지니고 있습니다. 특히 사람 대신 동물을 의인화하여 이야기를 전개하기 때문에, 등장인물의 성격은 물론 사건 전개 과정이 더욱 과장되고 극적으로 묘사되는 특징이 있습니다.

#다양한 이름과 다양한 결말

《토끼전》은 다양한 이름으로 불리는데, 《토끼전》 외에도 《별주부전》, 《토별가》, 《수궁가》, 《토공전》, 《토생전》, 《수궁전》, 《별토전》 등이 있습니다. 이렇게 이름이 많은 이유는, 같은 이야기가 다양한 형태로 전해졌기 때문입니다.

《토끼전》은 토끼를 주인공으로 한 이야기이고, 《별주부전》은 별주부가 주인공인 같은 이야기인 것이지요. 《수궁가》는 이 이야기의 원형이 된 판소리의 제목입니다.

《토끼전》은 이름 뿐만 아니라 이본들도 매우 다양합니다. 토끼와 별주부의 역할과 비중에 따라 작품의

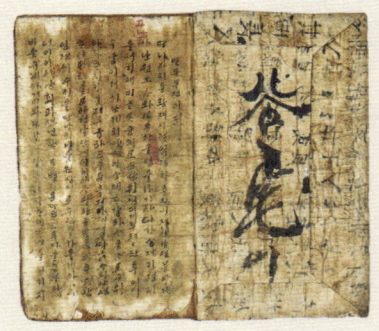

▲ 《별주부전》 ⓒ 국립한글박물관

내용과 주제 의식도 달라지며, 특히 결말 부분이 다른 여러 버전이 존재합니다. 예를 들어, 토끼가 도망치는 결말, 토끼가 자신의 똥을 간으로 속여 용왕이 그것을 먹고 병이 낫는 결말, 토끼에게 속은 자라가 자결하는 결말 등이 있습니다. 각각의 결말에 따라 토끼의 지혜나 자라의 충성을 주제로 강조한 것이에요.

#토끼와 자라의 의미

《토끼전》에서 자라(거북)는 용왕을 위해 위험을 무릅쓰고 육지로 나가는 충성스러운 신하로 그려집니다.

실제로 거북은 오랫동안 신성하고 영험한 동물로 여겨졌습니다. 긴 수명을 가지고 있어 장수를 상징하는 동물이기도 하지요. 사람의 장수를 기원하는 그림인 〈십장생도〉와 민화, 벽화 등 여러 예술 작품에서 거북이 자주 등장하는 이유입니다. 또한 거북은 물과 육지를 오가며 살기 때문에 현실 세계와 초월적 세계, 인간과 신을 연결해 주는 존재로도 여겨졌습니다. 《토끼전》에서 자라의 역할과도 비슷하지요.

옛이야기 속에서 토끼는 약하지만 지혜롭고 민첩한 동물로 묘사될 때가 많습니다. 꾀가 많고 번식력이 강해 민화에서는 장수와 다산, 복을 기원하

▲ 〈십장생도〉 병풍 ⓒ 국립중앙박물관

▲ 거북 모양 연적 ⓒ 국립중앙박물관

▲ 십이지신상 중 토끼상
ⓒ 국립중앙박물관

는 의미로 등장합니다.

《토끼전》에서는 토끼가 약자, 자라가 강자를 상징하며, 각각 지혜와 우직함을 대표하는 존재로 그려집니다. 이것은 당시 사회의 피지배층과 지배층의 관계라고 볼 수 있습니다. 토끼의 기지와 생존력은 억압받는 민중의 저항 정신을, 자라의 충성심은 지배층의 무능함과 허점을 상징한다고 할 수 있어요.

춘향전

#신분 차이를 극복한 러브 스토리

《춘향전》은 엄격한 신분 제도가 존재했던 조선 시대를 배경으로 합니다. 춘향은 천민인 기생의 딸이고, 이몽룡은 양반의 아들로 두 사람 사이에는 명확한 신분 차이가 존재하지요. 그럼에도 춘향과 이몽룡은 서로 깊이 사랑하게 됩니다. 두 사람은 원치 않던 이별과 변 사또의

▲ 조선 시대 화가 김준근의 〈기산풍속화첩〉 속 판소리 공연 장면 ⓒ 국립중앙박물관

횡포라는 어려움을 이기고 결국 사랑의 결실을 맺습니다.

《춘향전》은 당시 피지배층의 신분 상승에 대한 욕망을 충족시켜 주는 이야기로, 춘향이 지극한 사랑으로 신분 차이를 극복하고 행복을 얻는 결말을 통해 대중에게 희망을 주었습니다. 이때 춘향이 굳게 정절을 지키는 모습은 신분 차이를 극복하는 데 중요한 역할을 합니다. 춘향의 굳은 절개가 신분 상승의 당위성을 뒷받침하는 요소로 작용하지요.

사랑 이야기 속 더 깊이에는 불의한 지배 계층에 대한 서민의 항거와 신분적 갈등 극복, 더 나아가 인간의 존엄성을 강조하며 인간 평등 사상을 담고 있습니다.

#춘향전의 모티브, 박색터 설화?

▲ 남원 광한루 전경 ⓒ 게티이미지코리아

《춘향전》의 배경이 되는 전라북도 남원에서 전해지는 설화가 있습니다. 이 설화에도 '춘향'이 등장하지요.

춘향은 관기 월매의 딸로, 얼굴이 매우 못생겨 서른이 넘도록 혼인하지 못했습니다. 어느 날 춘향은 이 도령을 보게 되었고, 이후 이 도령을 사랑하게 된 춘향은 병에 걸리고 맙니다.

춘향의 어머니 월매는 딸의 병을 고치기 위해 계획을 세웁니다. 방자를 시켜 이 도령을 광한루로 유인해 술에 취하게 한 뒤, 춘향의 집으로 데려가 춘향과 동침하게 한 것입니다.

다음 날 아침, 잠에서 깨어나 놀란 이 도령은 도망쳐 버렸습니다. 이후 이 도령은 아버지를 따라 서울로 올라갔고, 날마다 그를 그리워하던 춘향은 이 도령에게서 아무 소식이 없자 광한루에서 목숨을 끊고 말았습니다. 이에 남원 사람들은 춘향을 불쌍히 여겨, 이 도령이 떠난 고개에 그녀를 장사 지내고 '박색터'라 불렀습니다.

〈박색 설화〉라고도 불리는 이 이야기는 《춘향전》의 기원이라고 추측되는 여러 이야기 중에 하나입니다. 슬픈 사연의 박색(아주 못생긴 얼굴) 춘향의 한을 달래 주기 위해 어여쁜 춘향의 이야기를 지어 위로했다는 것이지요.

#주체적인 여성, 춘향

▲ 1950년대 출간된 소설 《춘향전》의 표지 ⓒ 국립한글박물관

춘향은 오늘날의 관점에서 보아도 사회적 신분과 성차별에 굴하지 않고 자신의 신념을 지키며 스스로 선택하고 행동하는 주체적인 인물입니다.

먼저 춘향은 기생의 딸이라는 신분적 한계를 극복하고 이몽룡과의 사랑을 이루고자 합니다. 이몽룡이 구애하자 '백년가약'이라는 약속을 요구하는 것은 바로 춘향이었지요. 단순히 남자의 사랑에 반응하여 이끌려 가는 여성이 아니라 스스로 선택하고 행동하는 모습을 보여 주고 있는 것입니다.

또한 이후에도 춘향은 자신의 사랑과 신념을 지키기 위해 굳건히 맞섭니다. 변 사또의 횡포 속에서도 끝까지 수청을 거부하며 이몽룡에 대한 변치 않는 사랑을 지켰으며, 이몽룡이 암행어사인 것을 숨기고 거지꼴로 자신을 찾아왔을 때도 여전히 그를 사랑하고 위하는 모습을 보여 주지요.

홍길동전

#최초의 한글 소설

《홍길동전》은 조선 중기에 허균이 지은 최초의 한글 소설입니다. 고전 소설 중에 드물게 작품이 쓰인 시기와 작가가 알려진 작품이지요.

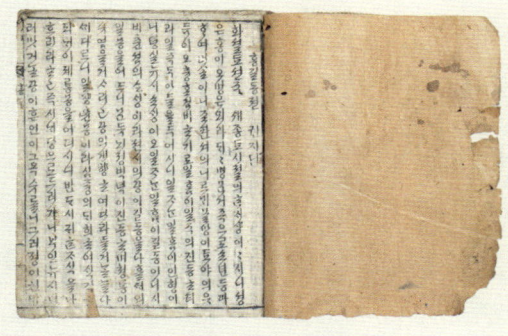

▲ 최초의 한글 소설 《홍길동전》 ⓒ 국립한글박물관

홍길동은 연산군 때 충청도 일대를 중심으로 활동한 도적 떼의 우두머리입니다. 당시 조선을 떠들썩하게 했던 실존 인물이지요. 《조선왕조실록》에 홍길동에 대한 기록이 남아 있습니다. 허균은 이 홍길동의 실화를 기반으로 자신의 상상력을 더해 당시 조선의 신분 차별을 비판하고 이상 사회를 건설하고자 하는 열망을 담아 《홍길동전》을 완성했습니다.

조선 후기에 서민들의 경제적, 사회적 지위 향상과 한글 보급률이 증가하면서 《홍길동전》을 비롯한 《심청전》, 《춘향전》, 《흥부전》 등 다양한 주제를 다룬 한글 소설들이 널리 읽히고 사랑받았습니다.

#홍길동만큼이나 파격적인 인물, 허균

《홍길동전》을 지은 허균은 명문가에서 태어나 천재적인 예술성을 보인 인물이었어요. 시인 허난설헌이 그의 누이이기도 하지요.

▲ 강원도 강릉의 허균 생가 ⓒ 게티이미지코리아

허균은 어렸을 때 서자 출신의 시인인 이달에게서 시를 배웠고 서얼들과 어울렸어요. 이런 주변 인물들의 영향으로 능력이 뛰어나도 양반이 아니라는 이유로 인정받지 못하는 신분제 사회의 불합리함을 느끼게 되었지요.

허균은 과거에 급제하고 승진을 거듭했지만 관직 생활 동안 여러 차례 파직되었어요. 그러다 광해군 시대에 광해군의 폭정에 항거하기 위하여 서인을 규합하여 반란을 계획하다 발각되어 사형을 당했습니다.

다행히 그의 글들은 다양한 경로로 후세에 전해졌어요. 특히 《홍길동전》은 무명으로 발표했지만 후에 허균이 지은 것이라는 사실이 알려졌지요.

#적서 차별이란?

조선 시대 양반들은 성리학을 공부하여 과거를 치르고 벼슬에 오를 수 있었습니다. 하지만 서얼은 과거를 볼 수 없었어요. 서얼은 서자와 얼자를 줄인 말로 서자는 양반과 양민인 첩 사이에서 태어난 남자, 얼자는 양반과 천민인 첩 사이에서 태어난 남자

를 뜻해요. 양반 아버지와 정실 부인인 양반 어머니 사이에서 태어난 아들은 적자라고 하지요. 이 적자와 서얼을 차별하는 것이 적서 차별입니다.

홍길동은 높은 벼슬을 가진 아버지에게서 태어났지만 어머니가 천민이었어요. 조선 사회는 어머니의 신분을 따르는 사회였기 때문에 홍길동은

양반이 될 수 없었던 것이지요. 그래서 길동은 아버지를 '대감'이라고 부릅니다. '아버지를 아버지라 부르지 못하고, 형을 형이라 부르지 못한다.' 한탄했던 이유예요.

적서 차별은 조선 후기 정조 때에 이르러 완화되었습

▲ 정조의 서얼 등용의 무대가 된 왕실 도서관 규장각
© 셔터스톡

니다. 정조가 서얼들 중 학식이 높은 인재를 왕실 도서관 규장각에 채용하고 과거 시험의 기회를 준 것이에요. 그러다 고종 때에 이르러 갑오개혁으로 신분제가 폐지되었습니다.

#율도국이라는 이상 사회

홍길동은 작품 속에서 병조 판서라는 벼슬을 받지만 결국 벼슬을 버리고 조선을 떠나 율도국이라는 나라를 세우고 그곳을 다스리는 왕이 됩니다. 이는 결국 홍길동이 조선이라는 당시 현실에서는 자신의 뜻을 이룰 수 없어 율도국이라는 새로운 공간에 꿈을 실현했다는 것을 보여 주지요.

《홍길동전》에 묘사된 율도국은 모든 사람이 평등한 사회입니다. 신분 차별이나 계급 갈등이 존재하지 않으며, 능력과 덕망에 따라 사회적 지위가 결정되는 곳입니다. 탐관오리나 부패한 권력은 존재하지 않으며, 백성의 안녕과 행복을 최우선으로 하는 정치가 펼쳐집니다.

홍길동이라는 영웅의 이야기 속에, 작가인 허균의 사회 개혁 의지와 이상 사회에 대한 열망을 담은 것이지요. 이러한 그의 사상이 율도국이라는 이상향으로 구체화된 것입니다.

작품 출처 및 수록 교과서

작품	작가	출처	수록 교과서
아기 장수 우투리	작자 미상	《아기 장수 우투리》, 보리, 2016	해냄에듀 1-1
오늘이	작자 미상	《우리 신화 이야기》, 밝은미래, 2013	동아출판 1-1
서로를 지켜 준 효자와 호랑이	작자 미상	한국문화원연합회 누리집 (https:// ncms.nculture.org), 2019	지학사 1-1
바보 사또	작자 미상	《나는야 바보 사또》, 고려원미디어, 1991	미래엔(민병곤) 1-2
열두 살 나이에 고구려를 세우다-주몽	일연	《새로운 세대를 위한 삼국유사》, 휴머니스트, 2017	
심청전	작자 미상	《심청전》, 휴머니스트, 2021	
토끼전	작자 미상	《토끼전》, 휴머니스트, 2014	
춘향전	작자 미상	《춘향전_사랑 사랑 내 사랑이야》, 나라말, 2014	
홍길동전	허균	《홍길동전_춤추는 소매 바람을 따라 휘날리니》, 나라말, 2012	미래엔(민병곤), 미래엔(신유식) 비상(박영민), 동아출판 1-2

172